译文纪实

老人漂流社会
他人事ではない"老後の現実"

NHKスペシャル取材班

[日]NHK 特别节目录制组 著　　高华彬 译

老人漂泊社会

上海译文出版社

前　言

在现实生活中,很多人都对自己的将来及老后生活感到茫然和焦虑。一辈子单身的人,没有孩子的夫妻,与配偶离婚者……这些人没有可依靠的亲人,随着年岁增大,他们的不安也会逐渐加剧。令人忧虑的不仅是自己的将来,对那些父母独居乡下的中老年人来讲,"老后生活"更是迫在眼前并亟需解决的问题。

然而,现在几乎没有人在健康时就为老后做准备,早早为自己找好"最终归宿";另外,也很少有人未雨绸缪,提前考虑当父母无法独自生活时该怎么办。

2013年1月,我们播出了NHK特别节目《最终归宿在何处——老人漂泊社会》。现实生活中很多人无法如愿选择老后生活,该节目主要讲述了他们的故事,并揭示了当今社会老年人难以找到最终归宿的深刻现实。①

一旦无法过独居生活,他们就将被迫走出家门,无条件地听从别人的安排,辗转"漂泊"于基层政府及照护负责人所介绍的养老设施之间——每当在采访现场目睹这种残酷现实,我们都深感不安:这是他们真正希望的老后生活吗?他们曾经向往的老年人生又是怎样的呢？

节目播出后，我们收到了很多观众的反馈。他们表示，"这并非与己无关之事"。他们的来信给我们节目组带来了莫大的勇气和鼓舞。

由于被采访者各有其背景和原因，我们无法将"老人漂泊"问题一概而论，也不可能在短时间内将其讲清讲透。在节目制作过程中，我们对此也颇感彷徨和无奈。尽管如此，我们还是必须提醒大家注意两点：一是大家不要认为老后问题与自己无关；二是在健康时我们就应当为自己的老后生活早做打算。

自己老后的生活，难道不是应该由我们自己来选择吗——节目组成员也时常对此开展深入讨论。比如，结合自己家中的情况，应当如何去照护父母？自己的老后如何度过？其实，那些被采访者所遇到的问题，也是我们"自身所面临的问题"。

在采访过程中，我们接触了很多老人。他们或因认知症不断加重，或因年老体弱卧床不起，而处于"无法自主选择老后生活"的状态。

当一个人上了年岁无法过独居生活、无法表达自己的意

---

① 本书成书于2013年，日本的年金（养老金）制度一直根据社会情况和经济形势做出调整，因而现状已有改变。例如，据日本首相官邸官网介绍，2020年颁布实施的《年金制度改正法》包括以下改革措施：扩大员工保险适用范围、改善在职老人年金领取方案、增加年金领取开始时间选项、改善参加缴款确定型年金计划的条件等。[本书脚注皆为译注。]

志后,纵然有心去解决这个问题,也必将面对进退维谷的艰难选择。因此,我们需要未雨绸缪,在陷入这种困局之前,认真考虑"自己老后准备在何处、与谁一起、如何度过",提前做好老后规划——这才是守护自我人生的唯一办法。

"自己的老后生活,应当由自己来选择",这是一个不易实现却极为重要的理念。之前的节目对此讲述得还不够充分,因此我们希望通过本书来作进一步的阐述。那些认为养老问题"并非与己无关"者,当他们迎来老后生活时,如何才能找到"自己所希望的最终归宿"?我们希望从现实的角度为其提供一些启发和参考。

另外,在撰写本书的同时,我们还在继续进行相关采访。我们计划在2013年秋季播出《老人漂泊社会》的续篇。在续篇当中,我们将告诉大家一个现实:独居老人一旦患上认知症,岂止是找不到"最终归宿",连入住临时住宿设施都将变得困难。

年老体衰的独居老人一旦患上认知症等疾病,其自身将无法发出紧急求救信号,陷于孤立无援的危险境地。在节目当中,我们试图提出以下问题:我们怎样才能找到这些老年人?应当由谁来对他们进行援助?

例如,有的老年人常年住在堆满垃圾的屋子里,整天足不出户,在脏、乱、差的环境中孤立无援,我们如何才能拯救他们呢?这个问题解决起来并不容易。

其本人的意志无法确认,也不知道其家属在哪里,别人想拯救他们也无计可施。对于这样的老年人，就算我们为了使其脱离危险状态，在危难之际找到他们，他们也无法居家接受上门治疗或照护。由此，等待他们的就只能是在提供专业护理服务的医院或养老设施之间辗转"漂泊"。因此现实情况是，就算他们摆脱了危机状况，那也不过是站在"漂泊旅程"的起点而已。

要想摆脱这种现实，我们还得回到最初的出发点——"自主选择自己的老后人生"，尽管它实现起来很困难。

在现代社会中，很多人无法"选择自己的老后人生"，希望各位读者能充分了解这个现实；同时，我们也希望更多读者认识到"在年轻和健康时未雨绸缪、筹划自己老后生活"的重要性。以上两点是录制组全体同仁的共同愿望。

目　录

序章　老去是一种罪过？/ 001

第一章　"最终归宿"无可选择的时代
　　　　——在医院及养老设施之间辗转，无家可归的老年人 / 015

第二章　找一个终老之处有多难？
　　　　——社会保障制度缺失造成"养老设施一床难求"/ 049

第三章　"在漂泊中死去"的老年人
　　　　——3叠大的陋室，"免费廉价住所"之现实 / 083
　　　专栏　"无亲无故"的老人该靠谁？/ 120

第四章　不为人知的"认知症漂泊族"
　　　　——认知症患者如何沦为无家可归者？/ 127
　　　专栏　精神科病房正成为老年人的"终老之处"/ 162

第五章　如何实现老后安心生活？
　　　　——日趋严重的老年人贫困问题 / 171
　　　　专栏　观众来信：关爱老人就是关爱我们自己 / 193

第六章　如何阻止"老人漂泊"？
　　　　——打造"互帮互助型"社会 / 199

后记 / 229

节目录制组成员 / 235

撰稿人简介 / 236

序章
老去是一种罪过吗?

如今,因为没有栖身之所而四处"漂泊"的老年人正在激增。

从"无缘社会"到"老人漂泊社会"

你希望在哪里度过自己的老后人生？
你希望在谁的陪伴下、在哪里与这个世界告别？

对于上述问题，有多少人能够清楚地回答呢？反正我回答不上来。

"我想与家人一起、在自己家中度过老后余生。而且，当自己告别人世时，我希望在家人的守候下，在自己家中安然离去……"

我想，很多人都有这种愿望吧。然而，大家可以想象一下：在"健康时期"还好说，但当一个人老得不能动弹、生活穷困拮据时，他又有什么选择余地呢？

2010年，NHK播出了一期名叫《无缘社会》的节目。该节目告诉大家：老后变得孤立无援的老年人正在激增。其中一个表象就是孤独死的增多，以及堆满垃圾的居室、无人供奉的墓地越来越多。通过进一步采访，我们了解到如下现实：这些孤立无援的老人不仅在死后无人问津，而且在生前其老后生活即难言安稳。

今天，很多老人没有可安心居住的"最终归宿"，并且孤立无援，因而不得不在医院和养老设施之间辗转漂泊。这种"老人漂泊社会"正呈扩大之势。

很多老年人没有"终老归宿"，在老后不得不辗转漂泊——即使有家属和足够的资产，仍有可能四处"漂泊"，并且，这种事情在任何人身上都有可能发生。例如，即便是形影不离的夫妻或兄弟姐妹，到最后总会有一方得过一段"形单影只的日子"。如今，选择终身不婚者也大有人在，另外，就算有孩子通常也不会住在一起。

"老人漂泊社会"——老后住在何处自己无法做主，而只能在医院和短期居住型养老设施之间辗转盘桓——在独居生活变得理所当然的今天，对任何人来讲，这都不是身外之事。

我们通过一系列采访揭开了"老人漂泊社会"的面纱。不过，最早动机源于NHK《无缘社会》节目的采访活动（始于2010年）。当时，我们结识了一大批"独居"老人。他们与家人的关系逐渐疏远，与周围邻居几乎没有联系，退休后与单位也不再来往——在对这些"无缘老人"进行持续采访后，我们发现一个残酷的现实：这些老人因为没有终老去处，而不得不随处漂泊。

最早对我们触动很大并促使我们开展采访活动的，是这些孤独老人时常挂在嘴边的一句话："我们不愿给别人添麻烦。"这句话听过无数次之后，我们逐渐感到忿忿不平：这些老人已辛苦劳作数十年，为社会耗尽了自己的青春年华，而今年事已高，就算给别人添点麻烦也无可厚非吧？

我们想知道，为什么他们在年老体弱之后，还会因为怕给社会添麻烦而独自忍受孤独和痛苦呢？在对很多老年人进行采访之后，我们隐约察觉到他们内心复杂而痛切的感受。

我们经过调查发现：很多老年人表示"不愿给别人添麻烦"，其实，他们内心的真实想法是"不想成为给别人添麻烦之人，而要做有益于他人之人"。

采访组的想法太肤浅

"我还想再为社会做点事。希望有发挥余热的场所（与社会保持联系），哪怕做些微不足道的事情也行。"

在他们这种真切愿望的背后，我们能感受到他们对自己逐渐走向衰老的不安和焦虑。上了年岁的人，工作起来不可能再像年轻人那样高速运转。在退休之后，他们连工作场所也不再拥有。

有些老年人常说：倘若家里有其他人，那么还能在一起说说话；但如果一个人居住又没有工作，则只能耐着性子终日憋在家里。也有人表示：老年人认为"自己对社会的贡献正逐渐减少甚至几近于零",这其实是对"自己或将成为社会累赘"这种莫名不安的一种抗争。

原来如此。在倾听了很多人的心声之后,我们终于恍然大悟,这些老年人其实并非在"寻找依靠",反而是"渴望找到能为他人提供帮助、为社会效力的平台"。

而且,越是一辈子勤勉认真的老年人,这种想法越强烈;越是对工作和人生自信满满的人,越无法接受"自己变成被照顾者"这个事实。

我们早晚也都有老去的那一天,将来是否也会带着这种愧疚和失落去度过余生呢?由此我们真切感到,这件事情并非与我们无关——关怀今天的老人,其实就是关怀我们自己。

当初我们以为,"对那些独居的老年人,我们只需伸出援手即可,由此便可形成新的联系纽带"。这种随意、浅薄的想法被彻底否定了。

因为,我们认识到,我们不能把老年人作为弱者来看待,而要让他们作为新的"角色"发挥其社会作用——我们必须以构建这种制度框架为目标,对社会保障体系从根本上进行反思和讨论。

若我们只是伸出援手"去拯救他们",结果会怎么样呢?那样反而会使他们因为"不愿给别人添麻烦"而执意拒绝救助,并将自己封闭起来,然后一直忍耐着,直到孤独地死去……

不要让老年人陷入孤立,而要让他们"作为有用的角色重新回归社会,最后当真的需要帮助时,再转变成被援助的对象"——我们这个社会需要实现的目标不正是这种"角色转换"吗?

造成老年人"不愿给别人添麻烦"的始作俑者,正是我们这个尽管人人都有老的那一天,却对老年人加以排斥的社会。

要尊老爱老——在过去的日本,在我们小时候,大人总是如此教育我们。但是,随着社会竞争的加剧,或许人们的价值观也在悄然变化吧,不知不觉间,老年人被视作"糊涂无用之人",处处受到鄙视和排挤。尽管我们都会上年纪,早晚也会步入老年人的行列,但是作为今天社会中坚力量的我们这代人,却在不自觉地与这些老人划清界限,把他们抛在一边。难道不是这样吗?

在采访过程中,节目组成员反复提醒和告诫自己:在开展采访工作时,我们千万不要忘记"自己有一天也会老去,也会成为老年人"。

在这个人们无意识地排斥老年人的社会,很多年轻人在面对老年人时目光冷漠,毫不关心。这种现象比比皆是。

比如,在超市收银台前,一位老奶奶手捧一个带馅面包在排队结账。众多排队者簇拥在一起,老奶奶多次被挤出队列,每次不得不回到队尾重新排队。这时,我们不会去提醒其他人不要拥挤,最多也就默默地让老奶奶站到自己前面而已。

还有一次，我看见一位老大爷一边推着购物用小推车，一边沿着人行道缓慢行走。这时，两名高中生恰好并排骑车路过此处。老大爷为了避让他们不小心被护栏绊倒，而那两名高中生却骑着车一闪而过，好像根本没看见这一幕似的。

每当这种时候，我就在想，在这个生活节奏越来越快的时代，一个人孤独地度过老后余生是多么不易！纵然我们知道时光不会倒流，但也忍不住想起从前的日本，忍不住怀念昔日的悠闲岁月。

我们的社会——哪怕仅在有限的场合——必须更多地为老年人着想。需要改变的不仅仅是制度和组织。我们认为，为了我们自己的将来，今天，我们每个人都必须关注和重新审视当下的现实。

在一系列采访工作结束后，NHK 特别节目《最终归宿在何处——老人漂泊社会》终于排上了播出日程。在节目即将制作完成时，一天，我们向负责制作宣传海报的导演讲述了在一线采访时的感受。那位导演当即提出了广告语文案：

"老去是一种罪过吗？"

在社会竞争的洗礼下，我们这代年轻人生活节奏高度紧张，甚至没有喘息的时间。不知不觉地，我们开始抱有

这样的观念:老年人=没有任何创造力的人=无用之人。这种社会氛围,不正是造成老年人处境尴尬和心神不安的罪魁祸首吗?

"老去并非罪过。"——令人怀念的昔日的日本去哪儿了呢?

如今的现实是,老年人因为"不愿给别人添麻烦",而不敢奢望过上如愿的老后生活。这种现象渐成扩散之势。

"老年人不能要求太多,我们是靠税金养着的呢。"

这种无奈和辛酸的话语,我们不知道听过多少遍。"如果这是自己的父母或者兄弟姐妹,那该怎么办呢?""如果这是自己的将来呢……"想到这些,难免令人不寒而栗。然而,这就是今日日本之现实,也是我们明日生活的写照。

《老人漂泊社会》采访组本着从现实出发的态度,开始了相关采访活动。随着了解的深入,我们对将来的忧虑和不安逐渐加剧。眼前的现实分明就是自己的将来——我们怀着这种复杂和纠结的心情,对那些"老后居所没有着落"即"找不到终老之处"的老人进行了跟踪采访。

"家里待不下去,设施门槛太高"——无处栖身的时代

2012 年,"团块世代"①已达到 65 岁,日本的老龄人口也已超过 3000 万。据推测,老龄人口将持续增长至 2040 年前后。届时,其峰值将达到 3800 万(参见第 13 页上方图表)。

而且,日本已迎来超老龄社会②,与超老龄化同时呈加速度演进的是"家庭结构的变化":与父母同住者越来越少,而仅由老年人组成的家庭在持续增多。

现在,由老龄夫妇构成的家庭比比皆是。除此之外,近年来,比较常见的还有由老龄父母与单身老龄儿子组成的"老龄亲子家庭",以及由老龄的兄弟或姐妹组成的家庭。

无论谁先去世,余下的一方都将过独居生活,因此,这些由老年人组成的家庭堪称"单身老龄家庭"的"后备力量",其数量估计超过 1000 万户。

终身未婚者及离婚者的迅速增加,也使得独身人士激

---

① 大量出生的一代。在日本,指 1947 年至 1949 年婴儿激增时期出生的一代。在人口金字塔中,此年代的人数最多,故得此名。
② 按照联合国的定义,当一个国家或地区 65 岁及以上老年人口数量占总人口地例超过 7% 时,即进入了"老龄化社会";上述比例达到 14%,即进入了"老龄社会";达到 21%,即进入了"超老龄社会"。

增。由此，老年人独身化（独居）现象也越来越普遍。

2012年，独居老年人（65岁以上）已超过500万户，"老年人独居"变得理所当然的时代已经到来（参见第13页下方图表）。

"老龄化"与"独身化"并驾齐驱。然而，这里面存在一个尚未得到社会正视的现实问题：终有一天，这些独居者将"无法一个人生活下去"；另外，对这些无法独居生活的老年人的援助措施，尤其是"接纳设施"和"援助主体"，尚处于根本不足的状态。

这些需要援助的老年人，当他们失去同住的亲人又无亲近的援助者时怎么办呢？答案很简单：那就是忍耐呗。因为"不愿给别人添麻烦"而一忍再忍，最后，等周围人发现时则为时已晚，或陷入其本人无法发出求救信号的危险境地。造成这种心理状态的原因前文已作阐述，这里只谈解决办法。问题的关键在于，对这些"无法过独居生活"的老年人，社会到底能提供何种选项？

其选项不外乎两个：

① 为了继续在家过独居生活，而接受居家医疗服务和居家照护服务。

② 因为对住在家里感到不放心，而住进那些可提供医疗及照护服务的养老设施。

假如让读者朋友来挑选，你将选择哪个呢？

如果想继续住在自己已习惯和熟悉的地方，那么肯定会选择居家照护的方式。可是，如果年老体弱到进食及如厕等无法自理，那怎么办呢……每天让护理人员上门数次也不能完全解决问题，在其他家务琐事方面也需要别人帮助（如换灯泡、修理家具等）……无疑，这还会带来沉重的经济负担。

如果对独居生活放心不下，决定离开自己熟悉的地方，那就必须自己去寻找收费养老设施。若有足够的收入或存款，这也许不是问题，但是，在东京都内，很多收费老人之家①的人均月收费都在20万日元②左右。

很多人一定会对此感到困惑吧。因为只有到了这时，才明白自己的处境：在家里待不下去，去养老设施门槛又太高；自己要么选择忍耐，要么大把花钱。

我们后来了解到，在被采访者当中，很多老人既没有可照顾自己的家人，也没有足够的资产去入住收费老人之家，等他们面临这个现实和意识到这个问题时，才发现自己已被推到"漂泊旅程"的起点。

再回头看一下本书开篇的问题，我现在仍然回答不上来。

我们将在哪里度过老后余生？哪里是可以安度晚年的"最终归宿"？

我们将选择何处作为自己的终老之地？在哪里与人世告别？

---

① 收费养老院。为使老人度过余生而设置的收费福利设施，多由个人及民间企业经营。
② 约合人民币1.13万元。

■ 日本老龄人口数量统计及变化趋势

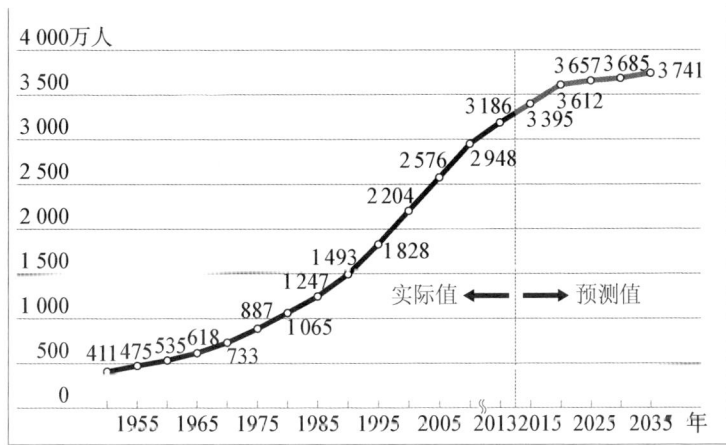

资料来源：总务省统计局统计 Topics No. 72《从统计看我国的老龄人群》（2013 年）

■ 日本老龄单身人口数量统计及变化趋势

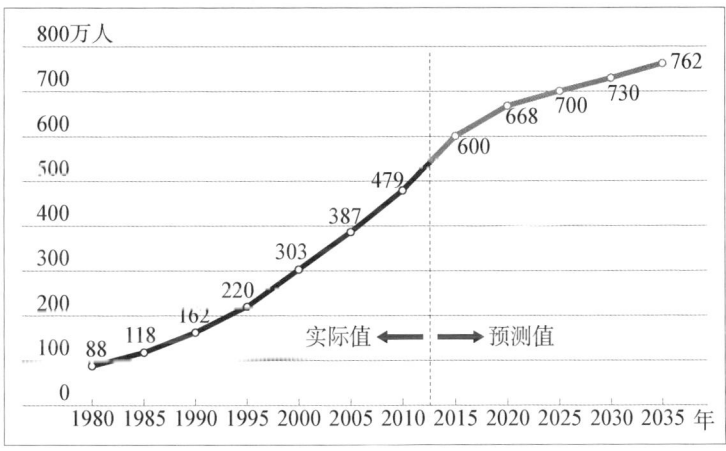

资料来源：内阁府 2013 年版《老龄社会白皮书》

在迎来超老龄社会的今天，这并非与己无关之事，而

老人漂泊社会　　013

是事关我们每个人自身的老后生活、每个人都必须去认真思考的问题。

每个人都能找到放心和满意的"最终归宿"——怎样才能实现这样的社会呢？现行社会保障制度的前提是"必须有家人的陪伴和照顾"，但是，这个制度已无法满足现实需求。打造以"独居生活"为前提的社会体制，这估计还需要相当长的时间。

然而，时间不等人。在"老人漂泊社会"日益普遍的今天，哪里能找到令人安心的"最终归宿"呢？——为了寻求答案，我们开启了一系列的采访。

第一章
"最终归宿"无可选择的时代

——在医院及养老设施之间辗转,无家可归的老年人

大井因中暑而被送进医院。我们发现,他家的地板上铺满了旧报纸,这些报纸曾被他当作被褥来使用。

与大井四郎的相遇

　　2013年1月，NHK播放了特别节目《最终归宿在何处——老人漂泊社会》。节目播出后，社会反响强烈，我们先后收到二百多封观众来信。来信者既有同样过着独居生活的老人，也有与年迈父母分居两处的年轻一代。在节目出场的人物中，88岁的大井四郎受到了最多的关注，很多人在信中给予他安慰和鼓励。

　　由于在医院长期卧床，下肢瘫软无力，大井已离不开轮椅，无法再回家过独居生活。由此，他开始了漫长的"漂泊"生活，不得不在医院之间或是在提供短期护理服务的照护设施之间辗转。

　　在失去"家"这个生存的根基之后，像浮萍一样四处漂泊——这便是大井老后人生的真实写照。大井被迫在"漂泊"中度过老后余生，他心里作何感想呢？带着这个问题，在取得其本人及当地政府同意后，我们对大井进行了跟踪采访。

我们第一次见到大井是在 2012 年 10 月，当时正值初秋时节，酷暑的余威犹在。当时，我们的采访对象主要由足立区的地区综合援助中心来协助安排。该中心的工作人员告诉我们，现在棘手难题越来越多，他们正为此发愁呢。

"有一位独居老人，医院不让久住，要求他出院，但他家里没人照顾他，因此无法回家，另外也找不到可长期入住的养老设施。所以，现在他只能不停地转换居所。"

"我们能跟他聊聊吗？"当我们提出采访要求后，那位工作人员把我们带到了埼玉县草加市的一个照护设施，大井当时正寄居于此。

据说，由于在足立区找不到照护设施，大井只好暂时住进了埼玉县的设施，该设施离足立区约有 1 小时车程。从外表看，那所设施像是一座很讲究的公寓，里面有一间 30 叠①的宽阔的起居室，几位老人正在那里休息。建筑物内部有一条长长的过道，大井的房间就在过道尽头，是一个双人房间。

当足立区的工作人员凑近大井的耳朵，告诉他我们的访问目的之后，大井在护理员的搀扶下，下床坐到了轮椅上。据那位工作人员介绍，大井的"需要护理程度"② 为 4

---

① 1 叠即 1 张榻榻米大，其面积相当于 1.62 m²，30 张榻榻米则相当于 48.6 m²。
② 根据《护理保险法》，护理服务被分为 1～5 共 5 个等级。其中，第 5 级为护理程度最高的级别。

级,这个级别的被照护者进食和如厕无法自理,难以独立生活。由于长期卧床,大井的臀部长有褥疮,一坐上轮椅就疼痛难忍。大井浅坐在轮椅上,从嘴里费劲地挤出几个字:"你们好!"

"没想到生活会变成这样……给你们添麻烦了……真是过意不去。"

大井向足立区的工作人员低头表示歉意。妻子已不在人世,膝下又无子女,眼下他只有基层政府职员可以依靠。

据说,因为身体不听使唤,所有日常生活都需要别人帮助,所以大井总是对周围的人说"抱歉,给你们添麻烦了"。

大井嘴里说着"给你们添麻烦了",目光里流露出悲伤和无助的神情。见此情景,我心里暗想:"都这么大岁数的老人了,就算给别人添点麻烦也无所谓吧。"不过,这样说可能会让人觉得失礼。由此,我也一时难以找到合适的话语来安慰他。

一个投诉电话引出的采访

"地区综合援助中心"是经厚生劳动省①批准,由地方政府设立的面向老年人提供援助的机构。目前,这种机构在日本一共有大约4300个。它们属于公共机构,主要为老

---

① 日本主管医疗、福利、保险和劳动等行政事务的中央行政机关。长官为厚生劳动大臣。

年人提供与日常生活相关的各种咨询服务，例如照护及医疗保健、财产纠纷等。只要是与老年人相关的事情，都可以找他们商量。根据2005年修订的《护理保险法》，每2万～3万人口即可设立一个援助中心，并根据需要配备保健师或护理师、照护专员、社会福利士这三种专业人士。

目前，在我们所采访的足立区，一共有25个地区综合援助中心。另外，由于独居老人及空巢老人家庭越来越多，这里还设立了一个具有综合协调功能的"基干地区综合援助中心"。这个基干援助中心专门负责解决那些棘手难题，大井的问题即是由它来负责解决的。

2012年9月，大井的问题被反映至足立区基干地区综合援助中心，我们的采访工作也恰好在同一时期启动。事情要从该中心接到的一个投诉电话说起。在电话中，对方气呼呼地质问道：

"88岁的大井四郎先生还住在我们医院呢，你们可不能不管哦。请你们赶紧想办法。你们打算让他在医院待到什么时候啊？我们已经催问过无数次了。"

打电话者是东京都足立区S医院的病房管理人员。

在去S医院之前，大井住在另外一家医院。出院时，由于他回家疗养有困难，于是转入了S医院。但是，当时S医院的接收条件是只能提供短期疗养。后来，当大井具备出院条件时，S医院考虑到他是孤寡老人，便与当地的地区综合援助中心取得了联系。然而，时间已过去两个月，大井的下一个去处却迟迟未定。这样，大井只得继续住在医院里。如今医院终于等得不耐烦了,所以又打来电话催问此事。

接电话者是足立区基干地区综合援助中心的阿尔玛卡维惠子女士(音译,课长职务)。惠子课长经过判断认为,此事仅靠地区援助中心将很难解决,大井又没有可依靠的家属,于是她开始积极为大井寻找老后的居所。

然而,这件事并不好解决。如果要找长住型居所,那么只能去照护设施。可是,所有的照护设施都处于"人满为患、一床难求"的状态。这样,他们只能为他寻找有临时空床的设施。大井也由此开启了居无定所的漂泊生活。

妻子突然去世后,一切骤变……

在大井身体健康时,他的生活过得怎么样呢?带着这个问题,我们走访了他过去所居住的社区。

那个社区是足立区的一个老旧社区,房子是建于40多年前的都营住宅①。现在,小区里很少能看见人影,即使偶尔有人经过,也都是一些风烛残年的老人。在小区的一角,一个已无人使用、锈迹斑斑的秋千在随风飘摇……

按照大井所说的住址,我们找到了他家,并且碰到了他的邻居。那是一位60多岁的女士,她与大井家一同在这里住了二十来年。她向我们讲述了大井家当年的情况。

"虽然他家没有孩子,但是老两口的关系很好。他老伴

---

① 为东京都政府所有的公共住宅,以低廉的价格出租给低收入人群。

儿在六七年前去世了。老伴儿活着的时候,老两口生活得很幸福、很快乐。我家孩子小时候还经常收到他家给的压岁钱呢。"

大井的妻子名叫常子,大井管她叫"阿常"。家里就他们夫妇俩。大井比较注重晚餐,常子呢,厨艺不错,每天晚上总要亲自为他做几道拿手菜。

据说,在小区后面的小花坛附近,邻居们经常看见夫妻俩恩爱相处的身影。

"你浇那么多水,那些花会死掉的。"

"天气太热了,这点水还是需要的。"

据说常子在世时,夫妻俩并不排斥与周围邻居交流。虽说老两口都70多岁了,但地区综合援助中心的职员每次去他家,都发现他俩身体还很健康,生活自理也没有问题。

那位女邻居特意带我们来到那个小花坛。当时正值夏季,红灿灿的鼠尾草开得正盛。

"常子去世后,大井就不再打理这个花坛了。这些花都是我后来新种的。"

女邻居一边说着,一边拽来水管准备给花浇水。

"常子的腿脚不太利落。为了方便她浇水,大井特意把水管接到了这里。"

花坛里,一些早已干枯的盆栽和蔷薇,因为无人收拾而随意散落在地上。那些花草大概是因为不好伺候,枯萎而死了吧。眼前的枯枝败叶,不禁令人联想起大井那瘦削的身影。

女邻居一边给花浇水,一边继续给我们讲述大井家的往事。

"他老伴儿死得很突然。当时,有人叫来救护车,把他老伴儿送进了医院。我记得那是12月份,听说是因蛛网膜下腔出血突然倒在了厕所里。过了三四天,人就没了。"

常子的突然离世对大井打击很大。据说,之后大井明显变得无精打采。

"大井看上去就像掉了魂儿似的。可能因为家里都是他老伴儿说了算吧(笑)。他老伴儿的精神头也很足(笑)。哎,这下连吵架拌嘴的对象都没了。从那以后,大井就不再打理这些花草,也很少出门。于是我对他说:'老爷子,人如果不经常走动,腿脚会衰老得很快的。天天待在屋里可不行哦。'"

"自己一个人咬牙撑着"

在妻子常子病倒并去世后,大井的生活也为之一变。

"他家就老爷子一个人嘛,我也时常留意他家的情况。比如,今天有没有厕所冲水的声音,等等。我住在隔壁能听见声音,如果有情况马上就能察觉到。

"一天,我突然发现他家没有冲马桶的声音,而且信箱里的报纸也攒了很多。我觉得不对劲,便去敲他家的门。门没有上锁。进到屋里后,我看见他倒在客厅里,身子瘦得皮包骨头。然后,我赶紧去找物业管理员,并让他们立刻报警。在我进到屋里时,他已经躺倒在地,无法动弹了。"

听了女邻居及左邻右舍的详细说明后,我们大致掌握了大井病倒时的情况。

事情发生在足立区基干地区综合援助中心接到那个投诉电话的两个月之前,即 2012 年 7 月 19 日。当时正值酷暑季节,太阳把大地烘烤得火辣辣的。女邻居发现大井倒在屋里后,便马上准备叫救护车。然而大井却死活不同意:

"不用叫了。那样会给大家添麻烦,会惊扰别人的。"

可是,眼看大井病情恶化,女邻居吓坏了,赶紧把他送到了附近的医院。然而那里没有空床位。打听了好几家之后,才终于让他住进了医院。经医生诊断,他患的是由中暑引起的极度脱水和营养失调。

"他不该一直撑着,要是早去医院就好了。哎,他不愿给人添麻烦嘛……他是一个责任感极强的人,自己的事情一定要自己做。总是怕给别人添麻烦……"

唯一的亲人突然病故,然后,自己又因中暑而倒下。
——这便是大井"漂泊生活"的开端。其实,这种事情也可能发生在我们每个人身上。通过寻访大井的人生轨迹,我们发现造成大井漂泊生活的原因在于,因为某个突发事件而丧失对生活的热情,然后身体日渐衰弱,变得不爱外出和孤立。

当我们把大井如今的"漂泊生活"告诉那位女邻居后,她不无遗憾地表示:

"老伴儿去世后,大井虽然很少出门,但他还是蛮能干的。他总是把自己的生活安排得井井有条。比如他经常洗衣服,从这里就能看见他晾晒的衣物。我问他有没有困难,他每次都说不要紧。他不愿给别人添麻烦,尽管内心很寂寞,但他从不发牢骚或诉说委屈。他总是一个人默默地撑着……"

即便深感寂寞和痛苦,也不愿给别人添麻烦——这便是令他陷入"漂泊生活"的起因,而这种"漂泊"一旦陷入便难以摆脱。

老伴儿的不幸离世,令大井丧失了对生活的热情。在大井生活了40年的街区,至今仍然有人记得当时的悲凉情景。

在大井家附近有一家荞麦面餐馆。从老伴儿去世后到自己中暑倒地之前,大井几乎每天都会找他们订外卖(餐馆休息日除外)。据说,他每天只订一餐,多数时候是小笼屉荞麦面,偶尔也来个猪排盖浇饭啥的。老伴儿去世后没人做饭,估计大井主要通过外卖来解决吃饭问题吧。

我们来到那家荞麦面餐馆,点了当初大井常吃的小笼屉荞麦面和猪排盖浇饭,一边吃着一边听店主讲述大井的故事。

"可能因为腿脚不利落吧,很多时候当我们把外卖送到他家时,他就待在屋里不出来,只是嘱咐说'钱放在鞋柜上了'。经常是1万日元的大票子呢。可能因为他不出门,所以没机会把钱破开吧。于是,我们把外卖放在门口,然后跟他说再见。这时，屋里便会传出他的声音说'谢谢啦'……"

老伴儿去世了，自己不怎么出门，于是大井的体力陡然下降。虽说与左邻右舍有一定交往，但并没有达到你来我往那种程度。碰到社区或者福利中心有人来访，大井也因为不好意思给人添麻烦而总是回答："没关系，我自己过得很好。"这便是大井当时的生活状态。当然，其他那些独居老人也大多如此。

援助"独居老人"难在何处？

在住院期间，大井整天卧床不起，无法独自行走，去哪儿都得坐轮椅。进食、穿衣、如厕，这些日常生活也离不开别人的帮助。他的"需要护理程度"为4级，这便意味着一个悲惨的现实：由于其所住小区并非无障碍设施，因此，今后就算他可以利用护理保险享受护理服务，也不可能继续过独居生活。

为了督促大井尽快出院，S医院打电话给基干地区综合援助中心。接电话的是中心的业务主管阿尔玛卡维惠子女士。之后，惠子就像大井的亲人一样，为帮他寻找养老设施而四处奔波。每当她找到一个提供短期照护的设施后，便让大井搬入其中，等快到期限时，再去寻找下一个设施。然而，所有这些设施都只能提供短期服务，他们始终没能找到可长期居住的地方。

那次中暑倒下之后，大井在第一家医院住了10天左右。当时他是被救护车送去的，那家医院主要提供抢救治疗。也就是说，只要针对"脱水及营养不良"的治疗结束、脱离生命危险后，大井就必须出院。为此，大井让医疗社工为他申请护理保险，然后转入了提供疗养性治疗的S医院。前文已有所交代，S医院当时提出的接收条件是，"只要找到下一家设施，病人就必须尽快搬走"。

从医院的角度来讲，老年人的长期住院对医院的诊疗收入贡献很少，因此必须将不再需要医疗性治疗的患者尽快转移到照护设施。S医院跟第一家医院不同，他们多少接收一些像老年康复治疗等长期疗养患者。但是，大井过了两个月仍没找到下家，显然这令他们感到气恼。因此，他们便打来电话催问此事。

阿尔玛卡维惠子说："我们应该早点为大井做健康评估（以便掌握其健康状况、判断能力、家庭情况等），这是地区综合援助中心在初期应对工作中需要反省之处。"此外她还指出，对无依无靠的独居老人的援助之所以难以实施，是因为存在一些制度性问题。

"如果患者有家属同住或住得较近，当医院催着出院或者患者无法回到自己家中时，家属也会寻找照护设施。按常理来讲，出院后的独居老人应该由其家属来负责照护。

"但是，像大井这种无依无靠的独居老人，如果没人代替其家属来帮助他，那么其生活将难以为继。虽然现在由地区综合援助中心的职员在承担这个角色，但应对起来难度很大。如果是长期照顾对象，我们至少大致掌握其基本信息，但像大井这样的老人，在病倒前从未接受过任何护理保险服务，我们又不能随便替他申请，因此应对起来难度很大。

"其实，倘若他本人早些发出求救信号也不至于此。但他一直自称没事并忍到了最后一刻。就在被抬上救护车之前，他还咬牙强忍着呢。不愿给别人添麻烦——这也许就是他们老辈人的观念吧……"

现在，包括大井这种情况在内，地区综合援助中心难以应对的事例越来越多。据说，无法回家过独居生活的老人逐渐增多，因此，很多人都找到援助中心，要求他们为老年人安排住所。

此外，有些老人即便有家属，也很难解决这个问题。例如，一位高龄母亲与儿子一同生活，之前一直是儿子在照顾母亲。一天，儿子生病住院了。于是，母亲独自在家无人看管，生活难以为继。在这种情况下，如果没有人代替儿子去为那位母亲寻找照护设施，她就会失去栖身之所。

此外还有这样的案例：因发现高龄丈夫虐待需要照护的妻子，而必须将妻子立刻转移至别处，否则妻子会有人身危险。在这类案例中，由于照护设施的数量严重不足，也会出现需照护者因找不到接收机构而被迫在各设施之间辗转漂泊的情况。

老人既无法在家中生活又找不到别的去处，从而被迫在各设施之间辗转漂泊。对此，足立区基干地区综合援助中心的做法是将这种情况列为"困难事例"，对其进行重点应对。然而，这类问题往往无法马上解决，需要从各种角度去想办法，解决起来短则几个月，长则需要数年。

在援助中心，对于这类"困难事例"，相关主管会在全体员工会议上进行说明，然后由大家集思广益，共同想办法解决。采取这种做法的好处是，在遇到突发情况时，即便主管人员不在，也可由其他员工来应对解决。

令主管头疼的"困难事例"

一天早晨，援助中心的6名员工正在开早会。会上，大家恰好在讨论有关"老人漂泊社会"的问题。

"山田（化名）母子从今年5月份开始跟咱们联系。为了照顾母亲，儿子长期处于精力透支状态，因此，我们建议那位母亲接受护理服务。但是，无论地区综合援助中心还是照护专员机构（筹划和制定护理保险服务方案的机构）都无法应对和解决。此事一拖再拖。眼下，儿子需要立即接受心脏手术，其母亲则陷入了无处容身的困境。

"现在，那位母亲住在区营住宅里，由于无法一个人生活，所以我们一直在帮她寻找居所，昨天终于找到一家专门提供短期护理服务的照护设施。眼下，她儿子还在住院，家里也没有其他亲人。这样，万一儿子在医院遇到紧急情况，医院就只能与基干地区综合援助中心联系。儿子因为住院失去了工作，目前，我们正在帮他们申请低保。那位母亲的心脏也不是很好，很令人担忧。"

听着他们的介绍，我觉得这些事情也随时可能发生在自己身上，因而感到后背发凉。老年人不能按照自己的意志来选择老后居所——这样的时代已然到来。

下面再介绍一个案例，这种事情同样可能发生在任何一个家庭、任何人身上。

"在佐佐木（化名）夫妇家里，妻子身患残疾，丈夫也患有重度认知症。长期以来，都是由妻子在照顾丈夫的起居生活。可是，妻子去世后，家里便只剩下患有重度认知症的丈夫。丈夫需要随时有人照顾，因此，就算可以通过护理保险接受护理服务，他也不能一个人住在家中。于是，在他妻子去世后，援助中心便把佐佐木先生暂时送进了一家养老机构。

"不过，妻子是家里唯一的主事者。妻子去世后，患有重度认知症的丈夫对自己的资产及存款情况、有无其他亲属等一无所知。今后在寻找养老设施时该与谁商量呢，对此我们也很发愁。"

最终，这种情况无法找到长期居住型设施，而只能在短期居所、医院及短期护理机构之间辗转漂泊。为此，地区综合援助中心的工作人员也不得不"频繁地为他们寻找落脚之处"。

对足立区基干地区综合援助中心来讲，就像大井的案例那样，当医院催促"赶紧把病人接走"时，他们只能去努力为老人们寻找下一个接收机构。

由于那些孤寡独居（也包括两名以上需要照护者住在一起的情形）的老年人既没有担保人，也没有家属为他们支付入住费用，因此，中心也很难为他们找到居所。地区综合援助中心虽然宣称"可以为老年人提供各种咨询"，但是他们也无法为那些没有亲属作担保人和财产管理人的老人介绍养老设施。

其实，越是没人照顾的孤寡老人越需要帮助。然而，作为援助方的行政机构却无法介入其中和为其排忧解难。可见，这里面存在制度性矛盾。

独居老人日渐增多，而相关制度和体制却跟不上形势发展，由此引发社会及行政功能的缺失——这就是形成"老人漂泊社会"的深层次原因。

有亲属也难免陷入孤立

大井因中暑被紧急送往医院，之后在医院住了两个来月。等到该出院了，他因为无法一个人居家过日子，又无处可去，不得不开始居无定所的"漂泊生活"。

"我们希望他尽快找到下家，然后从这里搬走。"

在医院的一再催促下，基十地区综合援助中心首先对大井的亲属关系进行了调查，以了解他是否有可依靠的亲属。调查很快有了结果：他的那些兄弟姐妹全都帮不上忙。

明明有亲属，为何还会陷入孤立无援的境地呢？

在大井家中，包括大井在内，兄弟姐妹一共有 8 人。兄弟 4 人中除了大井以外，其余 3 人均已去世；姐妹 4 人中仅有 2 人在世，老三住在老家和歌山县，老四住在静冈县。不过，这两人均与大井几十年未通音信，而且患有认知症等疾病，不具备判断能力。

地区综合援助中心唯一能联系上且能进行正常交流的，是大井的一个外甥女（已过世的二姐的女儿）。当时，这位外甥女居住在埼玉县。在大井紧急入院一周之后，她还特意来了一趟医院，与援助中心职员进行过面谈。

她说，自己已有 40 多年没见过大井，现在突然要她来收留和照顾他，这并不现实。

自己只是在小时候见过舅舅，之后就再未谋面。这位侄女表示，她知道舅舅眼下只有自己可以依靠，但她也无能为力，无法承担这个责任。她还说，今后请不要再跟她联系，然后便转身离开了。

"每月 6.5 万日元"的微薄收入

除了没有可依靠的亲属之外，大井还有一个要命的问题：没有足够的存款和收入。在这个"人不够、钱来凑"的时代，如果连钱也没有，那生活会变成什么样呢？

大井在医院和各设施之间辗转漂泊，无论走到哪里，他都随身携带着一个黑色小钱包——那里面装着他的全部"资产"。在获得大井同意后，我们查看了一下他钱包里的东西，里面有银行存折、叠放整齐的纸币及养老金手册。目前，他的收支情况大致如下：包括国民年金①和厚生年金②在内，他每月可领取养老金 6.5 万日元，另有存款约 80 万日元；水、电、煤气费及房租均无欠费，即便在他住院后，这些费用也均由银行定期划走。

基干地区综合援助中心的业务主管阿尔玛卡维惠子女士负责为大井提供服务，她对援助老年人工作的难处深有体会。她说，我们只要看一下老人的银行存折，就能大致了解其生活状况。

"这些老人有时因突发疾病被送进医院。在住院期间，他们经常会把存折等贵重物品暂时交给我们保管。这时，我们只要看一眼存折，就能了解其生活状况。显然，大井是一个生活很细心的人。他把自己的存款管理得井井有条，账户里有养老金收入，这样可以确保水、电、煤气费被及时扣缴。而且，他好似也没有欠账。他知道把所有贵重物品放在钱包里并随身携带，从这点即可看出，他是一个认真仔细的人。"

后来，我们听说地区综合援助中心的职员要去大井家里，为他取换洗衣服和日常用品。在征得大井同意后，我们采访组决定与他们一同前往。

我们来到他所居住的社区。从他家房门进去后，右手是一个 4 叠半大的日式房间，里面放着衣橱及衣服等物品；

---

① 对有关国民的老龄、残疾、死亡进行必要给付的年金（养老金）制度。
② 福利退休金。根据日本《厚生年金保险法》的规定，是 5 人以上的单位必须加入的、以从业人员为对象支付的年金。

老人漂泊社会　033

左手是一间面积为6叠的客厅。令我们惊讶的是，在那个6叠的房间里，地上铺满了旧报纸，其厚度大约有3~4厘米。人踩上去，这些报纸就会像床垫一样凹陷下去。

在炕桌前面的地方，估计因为大井经常坐在这里吧，地上垫的报纸向下凹陷着。另外，旁边还放着一个竹编枕头。那些旧报纸向下凹陷形成了一个浅坑。根据浅坑的形状，我们可以大致推测出大井的头部及身体轮廓——或许大井晚上经常睡在这里。那天，当昏迷不醒的大井被人发现时，估计也瘫倒于此吧。想想当时的场景，就让人感到扎心。

在大井家里，我们找到一本名为《安全运输手账2000年》的笔记本，封皮上印着"全国卡车交通共济协同组合联合会"的字样。从笔记本的记载内容可以看出，大井曾长年从事运输工作。笔记本里写满了工作日程，如：

2000年4月1日　　休息

　　　　　　2日　　神谷、釜仙、福永、釜谷

　　　　　　3日晴　釜谷成田

　　　　　　4日晴　福永、成田　琴寄

　　　　　　5日　　60-81　变速杆故障　拖车牵引

　　　　　　　　　釜谷成田　青木

　　　　　　6日　　装载货物　4件

　　　　　　7日　　休息

　　　　　　8日　　休息

2000 年，当时大井已 75 岁。我们真没想到，大井如此高龄还在从事这么繁重的工作。

笔记本上写着他所在运输公司的联络方式。跟对方取得联系后，我们获悉，那家运输公司就在大井所居住的足立区。那是一家仅有几名员工的小公司，总经理对大井有很深的印象。

"你们是说大井吗？他在我这里大概干了七八年吧。他虽然年龄比较大，但是技术很熟练呢。他从来没发生过事故，也没有违章记录，而且非常守时，所以深得用户信赖。他可是一个认真仔细的人哦。

"他还是一个知恩图报、仁义厚道之人哩。他在这里工作时，有一次因为大肠长息肉不得不住院做手术。当我们去医院探望时，他一个劲儿地向我们道谢，反倒令我们感到过意不去。"

大井虽然已是 75 岁高龄，但工作依然很认真很投入。总经理对他很信任，只要大井的身体状况允许，总经理打算让他一直干下去。然而，由于整个运输行业不景气，公司不得不压缩规模。

"大井病休结束后，有时哪怕我们突然通知他：'现在有一个急活儿……'他也从不会拒绝我们的请求。可是，由于经济不景气，我们的车辆数量由 5 辆变成了 4 辆，后来又减至 3 辆，公司眼看着一天不如一天……

"在这种情况下，一天，大井主动提出'我想辞去工作'。也许他认为，自己如果待着不走，那就等于抢了年轻人的饭碗吧。为了不让周围人难堪，他解释说，辞职原因是妻子经常生病，自己必须去照顾她……"

大井先后在数家小型运输公司就职，在上了年纪之后，养老金成了他唯一的依靠。然而，这个养老金收入每月仅有 6.5 万日元①。房租、水、电、煤气、伙食费等等，所有的日常开支都得靠它，因此，夫妇俩的生活非常拮据。大井到了 75 岁还在干活，可能也跟他家经济状况有关吧。

也许，正因为大井是一个宁肯自己吃亏也要为别人着想的人，他才会在老了之后，宁愿自己受苦受累也"不愿给别人添麻烦"吧。

日益严重的老年贫困问题

其实，今天老年人所领取的养老金，当初是按照"老年人与家属住在一起"这个前提条件来进行制度设计的。然而，随着时代的急剧变化，独居老人逐渐增多，"必须靠一个人的养老金收入来养家糊口"的家庭的数量也在激增。

让我们来看看老龄基础年金等（老龄基础年金＋原国民年金老龄年金）领取者（在平成二十一年度即 2009 年度末约 2500 万人）所领取养老金数额的分布情况（参照以下图表）。领取数额接近全额即每月 6 万～7 万日元的家庭约占总体的 40％；接下来依次是月领取额在 5 万～6 万日元和 3 万～4 万日元的家庭。厚生年金需另外计算，如果只看老龄年金收入，每月收入不足 5 万日元者并不在少数。

① 约合人民币 3570 元。

■ **老龄基础年金等月领取额的分布情况**

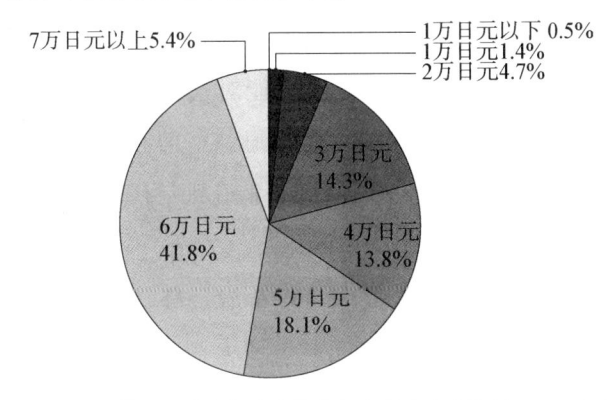

- 1万日元以下 0.5%
- 1万日元 1.4%
- 2万日元 4.7%
- 3万日元 14.3%
- 4万日元 13.8%
- 5万日元 18.1%
- 6万日元 41.8%
- 7万日元以上 5.4%

资料来源：第七届社会保障审议会年金部会参考资料（2011年）

多年以来，瑞穗信息综研首席研究员藤森克彦一直在就社会保障问题向政府建言献策。他向我们提供了一组有关老年人收入的统计数据，该数据令我们颇感意外。实际上，在日本，65岁以上老年人的贫困率（收入在全年可支配收入中间值的二分之一即124.25万日元以下者）达到22%。老年男性和老年女性的贫困率分别为18.4%和24.8%。也就是说，每4人当中就有1人处于贫困状态。

这个贫困率大大超出经济合作与发展组织（OECD）30人成员的平均水平（13%），在30个成员当中名列第7位。即从世界水平来看，日本的老年人贫困问题也处于很严重的状况。

另一方面，在日本就20～64岁劳动人口的贫困率而言，男性为12.7%，女性为14%。这个贫困率也很严重，但老年人的贫困率较之更甚。老年人的贫困率比劳动人口的还要高出6%～10%。

老年人为日本经济的高增长做出了巨大贡献，然而现在他们无法靠养老金收入安度晚年，他们因为找不到养老设施而不得不"漂泊"——我们能对这样的现实无动于衷吗？我们在大井家里找到一本相册，里面有张他年轻时的照片。那张照片向我们展示了一个昭和年代普通老百姓的形象。

大井头上扎着一块缠头巾，身着连体工作服，站在一辆小型货运卡车前面。或许那是当天刚买的新车吧，大井的目光里充满了神气和自信。

"只要努力工作就能过上好日子。明天一定会更美好！"——从这张照片上，我们可以看出那个年代的老百姓对未来的憧憬和自信，以及为了明天而勤奋工作的充实感和时代激情。

〔左图〕大井与常子在外地旅游。对大井来讲，开车出远门并非苦差事，因此，他经常与常子一起外出旅行。〔右图〕大井从事个体运输业时的情景。

与相册放在一起的还有很多明信片和书信。当我们把这些东西捎给大井后,大井向我们展示了其中的部分内容。

我们通过这些书信了解到,当时,妻子常子的妹妹也从老家福岛县磐城(书信里写作福岛县内乡市)来到东京,与大井夫妇住在一起。这个小姨子一边在这里工作,一边不时帮着给福岛老家寄钱。住在福岛的丈母娘每次回信都写着同样的内容:

来信和汇款均已收到,谢谢你们。你哥哥(指大井)的工作还是很忙吧?

不过,我们发现,寄自常子老家福岛的书信有好几十封,被用绳子捆在一起;但是,寄自大井老家的信件却只有区区一封。那是昭和三十五年(1960年),由住在大阪市生野区的大井父亲寄来的贺年卡。上面写着:

恭贺新禧!
闺女给我们买了一台电视机。现在大街上交通事故太多,所以我们也懒得出门。我们整天猫在家里,一边烤着电暖器一边看电视,屋里暖烘烘的很舒适。孙女已是高岛屋①的店员;两个孙子一个念高二,一个念初三。他们仨都很孝顺,我们老两口已很知足。

---

① 日本有名的大型百货店。

贺年卡上还配有一幅插图：一家人温馨地坐在一起，旁边摆放着一台电视机。别忘了，在那个年代，电视机可是令人羡慕的奢侈品。

但自那之后，好像他们就再也没有书信往来。大井这边的亲戚，除了一个外甥女以外，我们也没找到其他人。常子那边的亲戚，我们也一一联系，但基本上都已不在人世，唯一接通电话的是常子的弟妹。不过，对方只是在电话里反复唠叨："我已不记得那些事情了。"

由此，我们真切感到，随着时代潮流的发展，曾经对赡养独居老人起主导作用的家庭血缘关系，正逐渐变得冷淡和疏远。

没病时靠养老金还凑合，但是……

最终，大井也没能找到仅靠养老金月收入6.5万日元就能入住的养老设施。为了让大井免遭辗转漂泊之苦，一直在为大井四处奔波的足立区基干地区综合援助中心的职员们，仍在继续为其寻找长期居住型养老设施。

自从7月份因病倒被送进医院后，转眼已过去4个月。到了2012年冬天，大井的接收机构依然没有着落。大井在医院（短期住院）和照护设施（短期居住）之间来回往返，战战兢兢地度过每一天。大井哪里经得住这种折腾，因此眼看着一天比一天衰老。

在这期间，基干地区综合援助中心又接到了很多请求：

很多像大井这样老无所依的孤寡老人都希望通过他们找到养老设施。

"附近的养老设施实在没有空余床位，但老人又必须找到居所，当碰到这种紧急情况时，你们如何处理呢？"

我们问阿尔玛卡维惠子女士。她是负责为大井寻找居所的地区综合援助中心的职员。

"首先在东京都内寻找，暂时没有再去更远的地方。我们只能采用这种方式，逐步扩大搜寻范围。但是，与都内设施不同的是，对都外设施无法进行事先考察，无法确认设施员工的情况等。

"本来，这些调查工作应该由家属来做，但这些老年人没有可依靠的家属。因此，援助中心会像家属一样尽力为他们做事先调查。不过，我们的经费和时间也都有限……"

据了解，目前，该援助中心已将搜寻范围扩大到茨城县、栃木县、群马县等地。实际上，他们也促成了部分老年人去那些地方养老。这主要是因为地方上更容易找到空房，而且，与住宅及公寓等房地产同理，入住费用也更为便宜。

比如，对于养老金收入在10万日元以下的大多数老年人而言，就算东京都的民营收费老人之家有空床位，但由于其月均花费在20万日元以上，他们也无法入住其中。

我们向足立区相关主管部门提出了同样的问题，他们也回答说，很多老年人即使在没病没灾时能靠养老金勉强度日，一旦出现生病等情况，那点收入就显得捉襟见肘了。

"现在，像大井这种无法找到居所的人，他们虽然还没有穷困到必须依赖低保的程度，但其养老金收入很少（甚至比低保收入还低），这类人群正在逐渐增多。

"现实生活中，这些人一旦身体垮了或者需要护理程度提高了，将很难找到自己的居所。目前，尽管没有相关数据统计，但这类人群正呈增长趋势。"

这些靠养老金来支付生活费和房租的老年人一旦生病，医疗费和护理保险中的自费部分将成为其沉重负担。照护设施每月需交纳固定费用，对他们来讲"门槛太高"。而且据中心讲，最近明显增多的是，因患有认知症或者住院时间延长而付不起房租的情况。在这种情况下，假如房东拒绝续租，他们就会立刻陷入无处容身的困境。现在，经常有人来寻求这方面的帮助。

既没有可依靠的亲戚朋友，也没有财力去购买相关服务——这种"无依无靠、一无所有"的老年人正在激增。对此，如果我们不做相应准备，焦虑和不安的"岩浆"将继续膨胀，等积蓄到一定程度势必会爆发出来。在我们看来，这种预兆现在已有所显现。

短期养老"接力"

最后，为了给大井找到居所，足立区基干地区综合援助中心只得采取一种特殊应急措施，即让他用"短期养老"的名义暂时住进照护设施。本来，短期养老的目的是为了减轻那些长期照顾老人的家属及配偶的负担，以便让他们得到片刻喘息。特别养护老人之家①、老人保健设施②及收费老人之家等机构，都在提供这项服务。最后，无处可去的大井，依靠在数家设施之间来回使用短期养老的方式，总算找到了容身之所。

9月份从S医院出院后，大井首先去了埼玉县草加市的一家收费老人之家，以短期养老的名义暂住其中。普通利用者可以提前3个月预约短期养老服务。在几乎所有的照护设施中，短期养老床位总是处于预约满员状态。但是，他们一般会空出一张以上的床位，以备不时之需。大井就是以社区紧急救助的名义，住进了这个备用床位。

但是，这也是有条件的。设施方提出的条件是，"最多只能待1个月，在这1个月之内必须找到下家并从这里搬走"。

这种设施的入住费用是多少呢？使用者在使用护理保险的基础上，自己每天还需负担3000日元左右。如果加上伙食费和洗衣费等，每天大约支付4000日元。如果1个月按30天计算，则每月需支付12万日元，这个金额相当于大井养老金收入的两倍。在使用短期养老之后，大井仅有的一点存款很快就所剩无几了。

目前，像大井这种居无定所的老年人，只能利用这种类似紧急措施的短期养老服务，在1个月的延缓期内再去

---

① 特别养护老人之家由日本公立运营，是向因身体或精神原因难以在自家生活的老年人提供的休养、照护设施，入住费用比民营的收费老人之家更为低廉。
② 根据《老人保健法》设立的，为那些不必住院治疗但又难以返回家庭的老人提供必要的康复和照护服务的设施。

寻找长期居住型场所——比如制订好长期照护计划后，重新回到自己家中；如果是认知症患者，则需找到提供专业服务的认知症老人之家。

可是，大井始终没能找到住处。因为他"没有可依靠的家属"，即没有财产管理人，另外他也"没有现金和存款"，仅靠那点微薄的养老金收入根本不可能找到负担得起的养老设施。

当然，他可以去申请特别养护老人之家（简称"特养"）。特养根据入住者的收入情况会适当减少收费，无疑，这是最好的选择。然而，在足立区，即便是需要护理程度为4级的老年人，也得等上3~4年才能入住特养。所以，何时能申请成功一时难有定论。正找来找去还没有着落呢，1个月的期限却很快就到了。于是，大井又不得不从这里搬到另一个地方。

下一个住处仍是短期养老，也是只能待1个月的临时住处。

在大井搬家那天，我们采访组与综合援助中心的惠子女士一同前往养老设施去接他。上午10点，当我们来到房间时，大井还在床上躺着。

"大井先生，请起来吧。咱们就要离开这里了。"

护理员把大井搀扶起来，给他换好衣服，然后帮他坐上了轮椅。一行人走过长长的过道，来到设施大门口。这时，大井轻声叹息说：

"哎，我不想走啊！心里真是难过呢……"

大井坐上了一辆车内可放置轮椅的专用面包车。上车后，大井又说道：

"为啥没住两天又得搬走呢？"

惠子满脸歉意地点了点头，说：

"的确如此啊。这种设施不让长期居住。您现在利用的是短期居住服务，因此没法长住。"

大井仔细听完惠子的说明后，接着又说：

"好不容易习惯了，又要搬走……真是不想搬啊。"

惠子抱歉地告诉大井，目前还没能为他找到居所，并耐心地安慰说：

"您已经住了两所医院，养老机构这次也是第二个了。从7月19日住院起算，刚过了不到4个月，包括这次在内已经更换了4个地方。老是搬来搬去的，您心里也不踏实吧。您放心，我们一定想办法给您找一个能安心长住的地方……"

对于自身的处境和遭遇，大井一向逆来顺受和默默忍耐。尽管被迫从一个地方搬到另一个地方，每次周围环境发生变化，他内心也颇感不安，但是，他从来没有责怪过任何人，而只是听凭别人的安排而已。

惠子很想帮助身陷困境的大井，但她也心有余而力不足。她无奈地对我们说：

"如果孤寡老人无法一个人在家生活，家里也没有亲戚朋友，那么他们将不得不像大井这样在养老设施之间来回换住。从某种意义上来讲，这也是迫不得已的事情。

"在寻找短期养老住所时，我们必须一家一家地打电话询问：'你们那里现在有床位吗？申请者是这样的情况，你们那里能够接收吗？'对方一般都答复说，要三四个星期以后才有空床位。目前的现状是，即便是短期养老，也并非马上就能找到接收机构。"

瞄准市场需求的短期养老设施

我们与大井一同坐上了照护出租车。汽车行驶了1小时之后，我们来到了大井的下一个住所。这个地方是足立区专门提供短期养老服务的设施。据称，这家设施看准了市场需求，从7年前就已开始营业。而且，自开业以来，床位一直处于满员状态。

到达之后，惠子女士向设施负责人介绍了大井的病历及既往病症、目前的身体状况等，与他们进行了交接。

随后，大井被带到一个单独的房间，工作人员让其脱掉所有衣服，以便进行全身检查。他们需要确认老人是否因长期卧床而长有褥疮，或者身上有无受伤及疤痕等。据说，这么做的目的，是为了防止今后万一有人来看望时说："这个疤痕不会是在这里落下的吧？是不是在哪里发生碰撞或者摔倒了呢？"如果有人问起，他们就可以回答说："那个疤痕在入住时就已经有了。"

说得难听点儿，他们没把大井当作一个人，而是当作一件物品在进行检查。人老了难道就得遭受这种待遇吗？一想到这些，我们不禁感到惶恐不安。

办完交接手续后，惠子很无奈地对我们说：

"他们还问我们：下一个设施是否已经找好？除了特养之外，其他设施都不是长住型设施。因此，不管哪个设施，在住进去之后，他们都会要求你赶紧去找下家。老人保健设施也不例外，最多只能入住半年。人刚刚住进去，他们就开始催促：'要是老人今后不回自己家的话，请马上申请下一家老人保健设施吧。'

"这种做法现在已变得理所当然，大家对此也习以为常。可是，对老人及其家属来讲，好不容易刚住进来，就被催着赶紧寻找下家，这也有点太不近人情了吧。"

既不能回到自己家中，也没有其他地方可去——这些老年人除了"漂泊"还能怎样呢？

大井搬入这个短期养老设施那天，在同一楼层里，我们至少遇到3名跟他同样处境的老年人。他们都是由足立区的工作人员领来的，也是利用短期养老服务暂居于此。

他们有一个共同点，即"谁都不知道自己的'下一站'在哪里"。

第二章
找一个终老之处有多难？

——社会保障制度缺失造成"养老设施一床难求"

好不容易刚住进一家养老设施，但1个月之后又必须搬走。大井的容身之处到底在哪里？

为何不能在自家养老送终？

像大井这样的孤寡老人，为什么不能在自己家中安度晚年呢？另外，当他们无法在自家居住时，为什么找不到接纳设施而必须四处"漂泊"呢？

其背景原因是老年人医疗费等社会保障费用的急速攀升。

近年，对于力图实现财政重建的政府而言，抑制社会保障成本的增加是其最重要课题。另外，相关数据显示："在处于需要护理状态的老人当中，希望在自家或者在孩子及亲戚家中接受照护者超过四成"（据平成十九年即 2007 年由内阁府实施的老年人健康意识调查）；"希望居家接受医疗照护者占六成以上"（据《临终医疗相关调查》）。

由此政府提出，老年人医疗和照护要从需花费成本的"医院"转向无需成本的"家庭"，即通过扩充居家医疗和居家护理服务来摆脱"设施医疗"及"设施照护"。为此，政府大力推行了各种举措。

的确，从数据来看，医疗费一直在持续攀升（参照以下图表）。医疗费在1985年为16万亿日元，到2000年增至30.1万亿日元。2010年为37.4万亿日元，相当于政府预算的40%。其中，老年人的医疗费约为12.7万亿日元（2010年后期高龄者[1]的医疗费），在国民医疗费中的占比为34%。伴随着老龄人口的增多，预计今后还将进一步攀升。

■ **医疗费的变化趋势**

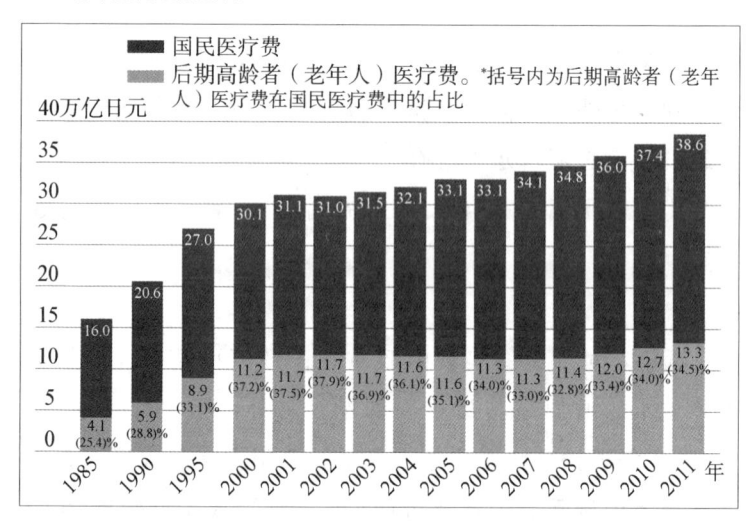

年份	国民医疗费（万亿日元）	后期高龄者医疗费（万亿日元）	占比
1985	16.0	4.1	25.4%
1990	20.6	5.9	28.8%
1995	27.0	8.9	33.1%
2000	30.1	11.2	37.2%
2001	31.1	11.7	37.5%
2002	31.0	11.7	37.9%
2003	31.5	11.7	36.9%
2004	32.1	11.6	36.1%
2005	33.1	11.6	35.1%
2006	33.1	11.3	34.0%
2007	34.1	11.3	33.0%
2008	34.8	11.4	32.8%
2009	36.0	12.0	33.4%
2010	37.4	12.7	34.0%
2011	38.6	13.3	34.5%

资料来源：厚生劳动省医疗保险数据库2011年度

为控制医疗费，在2005年小泉政权时期，政府提出了

---

[1] 指年龄在75岁以上的老人。

具体的老年人医疗改革措施。"医疗结构改革"是小泉政权的选举承诺，在 2005 年的厚生劳动省《医疗制度结构改革试行方案》中，抑制医疗费增长被列为最重要项目。作为中长期对策，该方案提出了以 2008 年为起始年度的医疗费合理化改革计划（"五年计划"）。

其中的一项重要内容是对糖尿病等生活习惯病的预防。也就是说，今后的目标是以预防为主，要从"仅追求长寿"的时代迈向"既健康又长寿"的时代。同时，作为计划的主要措施，提出了"缩短平均住院天数"即逐步消除老年人住院长期化现象的方针。

为此，方案提出了"推进居家疗养"的具体措施，即"为了让已结束治疗的老年人能够居家疗养，一方面需要完善居家医疗体制，另一方面针对那些不能回家养老的老年人，需建设接纳设施"。

根据该试行方案的测算，通过实施这一系列改革，2015 年的医疗支出费用将由原来的 40 万亿日元减至 37 万亿日元；2025 年将由 56 万亿日元压缩至 48 万亿日元。

而且，该方案还提出了一个方针，即逐步减少作为老年人长期住院接收平台的"疗养病床"的数量。政府决定，从 2006 年起，将住在各家医院"照护疗养病床"（在完成积极治疗之后，以让患者尽快回家为目的的康复性疗养病床，主要通过护理保险来应对）的老年人，逐步转移至照护设施，并于 2011 年度之前将"疗养病床"最终废除。也就是说，要将这些老人从成本昂贵的"医院"逐步转移至专业照护"设施"。

老人漂泊社会　053

不过，尽管该方案提出要减少床位数量，但因为"替代接收机构尚不完善"等原因，很多老年人不能如期出院，目标完成年限又被延长至2017年。

据厚生劳动省估算，医院床位的成本花费极高，1名老年人的医疗费平均每月为40万日元左右。如果将其转移至老人保健设施等照护设施，则该费用可控制在25万日元左右。

但是，实施该计划的前提是要有足够的替代接收机构。

居家医疗和照护设施——虽然政府在同时推进这两项措施，但是，老龄人口增速过快及单身化（即独居生活方式）的日益普及，造成了社会保障制度因落后于形势发展而出现功能失灵的现象。

在出院援助和诊疗报酬之间求平衡

老年人时常因生病或骨折等住院，为了让他们在接受治疗后及时出院，医院方面存在哪些困扰和烦恼呢？

如果老年患者实在无法重回自己家中，那么是否只能让其继续住院呢？为他们寻找出院之后的居所，这些繁杂的手续到底应该由谁来做呢？是医院还是社区等地方行政部门？

为了了解医院方面的实际情况，我们特意对老年住院患者收留数量较多的医院进行了采访。

葛西昌医会医院是东京都江户川区的一家重点综合医

院，那里一共有 151 张病床。这个医院全年 365 天、每天 24 小时都在接收急救病人。脑卒中及心肌梗死的专科大夫常年值守在这里，随时准备抢救那些被紧急送来的"命悬一线的患者"。对他们来讲，每天的工作就跟打仗似的。

柴田雅世是管理医院病床的医疗社工，他向我们介绍了相关情况。

"无论如何，我们手里必须留有几张空床，以备那些急诊病人不时之需，否则医院怎么抢救生命？在病人结束治疗及症状稳定后，必须让他们尽快回家或转移至照护设施。由此，对其顺利出院进行援助的工作也就显得非常重要。"

虽然柴田的话有一定道理，但实际上，如果住院患者全都只住三两天即出院，病床空出很多，则医院的诊疗收入就会减少。因此，医院还需掌握好节奏和平衡。

"病床调控中心"是这家医院的关键运营部门，该部门由柴田负责掌控。医院里经常会出现虽已结束治疗却不能回家，也没找到下一个去处的老年患者，怎样才能让他们顺利出院呢？当我们对柴田进行采访时，他正在为此大伤脑筋呢。

在征得患者本人及其家属同意后，柴田向我们介绍了一个具体案例。

"比如我们这里有一位名叫樋口千代子的 86 岁老奶奶。她每天精神状态不错，需要护理程度为 2 级，有轻微的认知症状。2012 年 10 月末，她因为出现脱水、不能进食等症状住进了医院。眼下,她便处于既无法回家也未能找到下一个接收设施的状态。"

与长子夫妇住在一起的樋口

目前尚未找到出院后去处的樋口女士(86岁),是一位身材瘦小的老太太,她脸上总是带着笑容。

在患病之前,她住在东京江户川区,与长子夫妇一起住在"两户同住房"①里。丈夫去世后,她在长子经营的拆卸公司做会计及杂活儿,过着健康而快活的日子。

然而,2012年9月,她被查出患有大肠癌,随后接受了病灶切除手术。虽然肿瘤被切除了,但在住院过程中,她的认知症症状却有所加重,身体变得极度衰弱。癌症治疗结束后,医院催促她赶紧出院。这样,她只能出院回家,接受居家护理服务。在接樋口女士回家之前,长子夫妇在与负责制订护理服务计划的照护专员商量后,对家里的设施进行了无障碍改造,比如在房间里添置了护理床,在厕所及过道里安装了扶手等。

在各种准备完成之后,樋口开始了居家生活。可是好景不长。没过两天,她就出现了不能进食、排泄无法自理等状况。白天,长子夫妇都得上班,家里便只剩下樋口一人。显然,一边接受护理服务一边居家养老,这种模式对

---

① 日语写作"二世带住宅",是一种方便成年子女与父母共居同时各自保有生活空间的户型。常见模式是两代家庭有独立的厨房和浴室,甚至是独立的玄关。

樋口已不再适用。

在出院后第 7 天，樋口已完全不能进食，身体也变得衰弱不堪，因此只好再次住进医院。在医院里，通过打点滴补充营养及康复治疗等，樋口逐渐能够自己进食。但是，其认知症症状却有所恶化，排泄也变得困难。显然，她这样子没法回家，于是家属请求医院继续收留她。

然而医院方面认为，对她来讲，相关的治疗已经结束，身体衰弱的症状也已康复，因此希望她搬到其他照护设施。负责此项工作的医疗社工柴田便找到民间公司，请他们帮忙寻找接收机构。

近年，随着照护设施需求的激增，社会上出现了一些专业中介，他们可以根据客户的预算和要求向其推荐设施。为应对这种激增的需求，一些房地产公司在营业部门内，配备了专门协助客户寻找接收设施的中介人员。

柴田向我们介绍了一位经常与他合作的中介人员。

这位中介人员名叫铃木祯博。他主要负责将那些找不到容身居所的老年人，介绍到可提供养老服务的老年人专用租赁住宅或者是由 NPO[①] 等民间组织运营的设施。这些设施大多位于茨城县等东京周边地区。针对家属及老年人自身的需求，铃木他们备有各种档次的选项，由此在业界也小有名气。据称，铃木仍在继续从事房地产公司的业务工作。老年人专用住宅是他新开发的业务，他也是因为看好其市场前景而涉足该领域的。

---

① 英文"non profit organization"的缩写，直译为"非营利组织"，指政府以外的为实现社会公益或互益的组织。

"照护搜寻队兼入住咨询员"

"我们打算委托铃木为樋口女士介绍出院后的居所。"

为了让铃木给樋口千代子推荐一个养老设施，柴田与他约好于 11 月中旬在医院碰头。

这天，铃木身着西服，英姿飒爽地出现在我们面前。他一边不停地接打手机，一边接受了我们的采访。他递给我们一张名片，上面写着他的职务："照护搜寻队兼入住咨询员"。职务旁边还写着他所在部门的名称："老年人住宅入住运营援助业务部"。

目前，为老年人寻找接收机构的需求正在迅速增长。在这种背景下，铃木所供职的房地产公司已将老年人住宅项目定位为公司的支柱业务。

当公司设立接收机构代寻部门后，那些医院及基层政府纷纷找上门来，要求他们"帮忙寻找老年人接收机构"。铃木专门负责老年人住宅的中介咨询业务。据称，只要有新的老年人住宅项目竣工开业，铃木就会源源不断地介绍老年人入住其中。

他正在洽谈时，另一个电话又打了进来。他一边与来电者磋商，一边又拿起别的电话回答其他客户的问询……在他的手机通话记录里，存满了东京都 23 个区老年人福利部门的名字；另外还有很多医院也打来电话，希望他为病人物色出院后的住处。

铃木的公文包里塞满了各种文件，他从中拿出一沓有关首都圈内各处设施的宣传小册子。为了在洽谈时能满足那些老人及其家属的各种要求，他搜集了各种设施的资料，包括不同档次的，月费从每月十几万日元到三十几万日元不等。

"说实话，我们也没想到会有这么多人打来电话，要求我们介绍老年人住宅。我们的项目多数建在茨城县，可是没想到吸引了这么多来自东京的入住者。可能因为东京都内价格太贵，所以才会有这么大的需求吧……"

在公司里，铃木是老年人住宅业务的早期开发者。他开发这种业务的动机源于其自身的照护经历。在照护父亲时，他始终没能找到合适的照护设施及老年人住宅，因而吃了不少苦头。后来，他就创建了"照护搜寻队"并开始从事相关业务。或许出于这个原因，铃木总是把老年人当成自己的亲人，热心地为他们寻找各种居所。

在与住院患者樋口千代子洽谈时，铃木一边耐心地倾听她的要求，一边积极为她寻找下一个住所。医疗社工柴田向他介绍了樋口在住院期间的病情及生活习惯等，并提醒他说：为了让樋口住得方便和舒适，请务必介绍一个能提供养老服务的住宅。

"她以前有时吃不下饭，但现在每顿都吃得津津有味，身体状况已有很大改善。"

铃木一边点头一边做笔记，逐步缩小设施的选择范围。

"如果吃饭没有问题，我想应该能找到接收设施。另外，她在日常生活方面如何？比如进食、穿衣、走路、如厕等,这些都能自理吗?首先说如厕吧。她可以自己上厕所吗?还是需要纸尿裤?"

"需要纸尿裤。"

"她目前是处于卧床不起的状态吗?"

"在进行康复训练时,她可以扶着扶手走路。不过,平时还得坐轮椅。"

"她的认知症情况如何?"

"能够与人交流,但是不是每次都能很自然地回答别人的提问呢,这个还比较困难;另外,如果昼夜颠倒,在夜间会出现徘徊现象,因此,目前她还在服用安眠药;在饮食方面需要部分辅助;她喜欢吃面包,一日三餐的主食都是面包;穿衣服也需要部分辅助。"

接着,柴田介绍了她家的经济状况,并将设施选择时的重要尺度即"可支付月费的上限"告诉了铃木。

"她家里人最在意的还是入住费用。她本人的养老金不到 7 万日元,家属也只能援助几万日元,因此,费用方面希望越便宜越好。"

为给樋口寻找下一个接收机构,柴田已打探过医院周边的设施。但那些地方一是没有空床,二是费用也超出了预算,因此没有找到合适的设施。那些通过护理保险来运营的公共设施——老人保健设施——虽然有空床,但是每月收费高达 17 万日元①(扣除护理保险支付部分后);而且,他们的主要目的是通过提供康复训练让病人尽早回

---

① 约合人民币 9350 元。

家,是一种临时性居住设施。他们一般不会接受长期入住者。

铃木在首都圈近郊也有很多业务资源,因此,他决定去这些地方寻找价格符合预算要求的设施。含伙食费每月收费在10万日元左右;距东京的单程车程在1.5小时以内——他将符合上述条件的设施一一列出。他认为,如果家属经常去探望,那么距离不能比这更远。另外,对于老人是否有慢性病或认知症症状,很多设施也有具体要求。因此,在确认好费用之后,他还与每家设施就入住条件等进行了确认。

就在讨论樋口的问题时,铃木的手机响了两次。这两个来电都是要求他介绍老年人住宅的。一个是东京都内的医院,希望他"为即将出院的老年患者寻找接收设施";另一个电话来自东京都内某个区政府,希望他"为一位无法居家养老、患认知症的老人物色一个接收机构"。

铃木的手机响个不停,由此我们也切实感到,老年人寻找安身之所正变得日益困难。铃木着急去参加别的磋商,在把他送走之后,我们向医院的医疗社工柴田询问道:

"您的工作好像是要把患者从医院赶出去似的,工作难度一定不小吧?"

"急救医院肩负着特殊使命,因此我们必须提前把病床空出来。只有这样,医院才能去抢救那些急诊患者。为了让满足出院条件的患者在出院后过上安心的生活,我们会尽最大努力援助他们。"

DPC 的"功"与"过"

医院的病床调控需要精细管理——我们现在正处于这样的时代。

为了将病床周转率维持在合理水平，减少医疗资源浪费，各发达国家均引入了 DPC 系统，以加强成本管理。DPC（Diagnosis Procedure Combination）日语直译为"诊断群分类"。这套系统可以根据疾病名称及患者年龄等条件，科学地计算出患者所需的医疗服务，比如应该施行何种手术及何种治疗、住院时间多长等。也就是说，只要有了病名及症状，患者的住院时间也就基本确定，由此病床就能得到高效周转。不过柴田说，目前，医疗一线对这个系统颇感困惑。

"现在，只要是规模稍大的医院都引入了 DPC 系统。为了将病床腾出来，医院必须催促病人尽快出院。有些老年患者及其家属经常央求说'希望让我们在医院多住些日子吧''我们可以住 3 个月吧'，但是，疾病名称已大致决定了患者的住院时间。为了让他们及时出院回家或转至其他地方，在其住院期间，我们就必须对其施与援助。"

政府之所以推行这个 DPC 系统，是为了避免在超老龄社会出现医疗费持续攀升的情况。

过去，我们所支付的医疗费，都是根据"按件计酬方式"（于 1958 年出台）计算得出的。比如针对检查、注射、手术、药品等，每项医疗行为都有分别定价，患者接受治疗后，需支付合计金额。然而，有人指出，按件计酬方式容易招致过多的检查及投药等过度医疗行为。于是，为了杜绝这种浪费，大多数医院引入了DPC系统。该系统的特点是只要诊断出病名，患者所需的治疗行为和医疗费用就基本确定，无论实施多少次检查和投药，总额都不会发生变化。

其结果，对于已经完成治疗的老年人，如果医院不让他们及时出院，则自身经营将难以为继。同时，无法回家过独居生活的患者激增，问题爆发呈井喷之势。

为老年人寻找居所的工作，到底应该由医院来承担，还是由基层政府或者是专业公司来承担？

面对持续增长的"寻找养老居所"的需求，一线相关各方从各自角度做了各种努力和尝试。今后，这种需求还会进一步增长，如果我们没有相应的制度体系，势必难以应对。

由此，我们再次意识到：未来，"老人漂泊社会"问题或将更趋严重。

特养数量严重不足

今天，由于在医院长期住院变得困难，特养成了老年人所依赖的居所之一。目前，整个日本大概有6000多所特养，合计约有43.9万人入住其中。特养的优点是，即便是养老金收入较低者也可安心利用。但是，其设施数量远不能满足需求，目前，所有的特养都处于一床难求的状态。在日本全国，大概有42万人在排队等候入住。

尤其在大城市,这个问题更为突出。比如在大井四郎所居住的足立区,基干地区综合援助中心的阿尔玛卡维惠子女士很无奈地告诉我们,在该区要想入住特养,必须等待相当长的时间。

"来回不停地转移居所,这对大井来讲,在身心两方面都是相当大的负担。因此,为了让他找到可长住的居所,我们帮他申请了特养。然而,就算一切顺利,也必须等3~4年才能入住。"

足立区一共有17所特养,合计可接纳近1800人。但是,无论哪个设施,都有超过定员5~10倍的老人在排队等候。在足立区,排队等候者的总数多达3900人。

为什么有这么多人希望入住特养呢?这主要是因为其费用比民间设施低廉很多,而且还提供临终照护服务。老人可以一直住在里面,直至去世。对老年人来讲,这才是能够安心入住的"终老之地"。不过,相对于需求而言,其数量严重不足。

老人希望入住特养的原因之一是其"低廉价格"。特养设置了灵活、合理的价格体系:入住者可根据家庭收入水平"支付相应等级的费用"(参照以下图表)。

■ **特别养护老人之家入住费用举例(金额为概数)**

	多人间	单人间
①最低收入层	37000 日元/月	62000 日元/月
②年收入 80 万日元以下者	50000 日元/月	65000 日元/月

续 表

	多人间	单人间
③年收入 80 万日元以上者	57000 日元/月	87000 日元/月
④本人及家属被课征区民税者	80000～100000 日元/月	140000～190000 日元/月

※以上为需要护理程度为 5 级老年人的自付金额（①～③为所有家庭成员均不被课征区民税的情形）

在上面表格中，第④类人指拥有工资等养老金以外收入的家庭。相比之下，比较难办的是第①～③类老年人家庭。对这些人群来讲，如果特养没有空床，由于可负担能力有限，他们将无法入住民营照护设施。

民营照护设施包括收费老人之家、提供护理服务的老年人租赁住宅及那些新建的带服务的老年人住宅等。只要将其价格与特养比较一下，我们即可明白这点。

另外，在很多民营租赁住宅，如果入住者病情加重，或者到了需要临终照护时，就不得不退房搬走。而特养可以终身入住（住到去世为止），这也是很多人希望入住特养的原因之一。

如何才能入住特养？

如此受追捧的特养是如何决定入住者的呢？它主要由相关部门对申请者（排队等候者）的优先度等进行综合考量，然后由各设施通知其家属或本人。

那么，入住优先度又是如何确定的呢？主要分两步来进行：一是根据入住申请书上所记载的需要护理程度及其他情况算出一个分数；二是区里的"特别养护老人之家入住讨论委员会"（由特养设施负责人、照护援助专员代表、地区综合援助中心代表、基层政府负责人组成）每2～3个月召开一次会议，由参会者依照"优先入住评估标准"来认定优先度。然后，申请者按照优先度由高到低的顺序，被划分为A、B、C三个等级。目前，即使是优先度最高的A级也不能马上入住。

在等待特养空床的这段时间，申请者可以利用"照护老人保健设施"（简称"老健"）。

老健是一种临时性居所，它主要接纳那些出院后无法马上回家的老年人，目的是为了让他们接受康复训练。根据年收入及需要护理程度，入住者每月需要负担8万～20万日元不等。由于等待入住特养的老年人越来越多，因此，老健的床位也持续爆满。目前，很多人都处于"漂泊"状态，短期内频繁辗转于医院和老健之间。

既然如此，让这些人长期入住老健不就得了吗？但是，原则上老健最多只允许住半年。因此，很多老年人必须经历"从一个老健到另一个老健，再去别的老健，最后才能入住特养"的漫长过程。由于在入住特养之前需等待漫长时间，所以很多人即使搭上积蓄和养老金也入不敷出，最后只能通过放弃自家住宅等手段来维持"漂泊生活"。

特养的火爆情形还不止于此。好不容易轮到自己入住了，但这时如果赶上生病住院，到手的特养床位还会马上被别人占用。等住院结束该出院时，又必须重启漫长而残酷的"居所探寻之旅"。

当然，像"收费老人之家"这类设施倒是可以安心长住，但入住时需要交纳动辄数百万日元（有时甚至数千万日元）的入住金，另外每月还需支付 20 万日元以上的月费。

如果老年人有固定收入，也可以选择收费老人之家。而且，只要有稳定收入并按时支付费用，那么住院期间也无需担心会被收费老人之家赶走。

然而，对大多数老年人来讲，费用昂贵的收费老人之家终归可望而不可即。那么，像大井这类"低养老金、低收入"且"无依无靠"的老年人，怎样才能找到可安心长住的居所呢？

最终答案只有一个，那就是去申请低保[①]补助。

"申请低保"是唯一选择

在第一章里提到的大井四郎，在持续"漂泊"期间花光了所有积蓄，几乎被逼入了生活的绝境。

足立区基干地区综合援助中心的阿尔玛卡维惠子女士一直在对他进行援助。这天，惠子又来到了大井的住处。她准备帮他取出存款，以便支付两处短期入住设施的费用。

[①] 日语原词为"生活保護"。根据日本生活保护制度，贫困者可前往所在地区的福利事务所，咨询并申请一定的"生活保护金"，相当于我国的低保补助。

在这之前，为交纳住院费及原来住宅的房租、水、电、煤气等费用，大井的银行存款已日渐减少，仅剩下18万日元左右。短期养老设施的费用为15万日元，交完后就只剩下3万日元。可以想见，若再被扣掉水、电、煤气费，其存款很快就会见底。这样，仅靠每月6.5万日元的养老金收入，大井已然无法维持生计。因此，除了依靠低保之外，他已没有其他的生存之道。

的确，地区综合援助中心的员工们靠着这个低保，为"这些苦寻居所的老人们"找到了一线曙光。此前，他们一直以养老金6.5万日元为上限寻找设施居所；然而，如果将上限提高至低保限额，则可以扩大搜寻范围，甚至可以入住月收费超过10万日元的民营设施。

终于，惠子女士参照低保补助金额，为大井找到了一处可提供护理服务的老年人住宅（即带服务的老年人住宅，后文有详细介绍）。该设施包括服务费在内，每月租金为14万日元左右。用完养老金之后还差7.5万日元，这个缺口用低保补助来弥补，这样大井便可入住其中。

越来越多的老年人仅靠养老金已不足以支付设施使用费，由此，很多人都涌向了低保申请窗口。对于这个现实情况，惠子女士也显得很无奈。她说，"他们这也是为了生活迫不得已"。

"倘若家里有人照护，也许他们可以接受上门护理，依靠每月6.5万日元的养老金过日子。当然，他们还必须省吃俭用才行。然而，要想入住照护设施或者老年人住宅，每个月就必须花费10万日元以上。因此，为了找到容身之所，他们只能去申请低保。

"也有一个不靠低保的办法，那就是去特养。但是，特养不可能说有就有，据称，在足立区入住特养需等待3～4年。说来说去，最后还得依靠低保。"

最终，他们只有申请低保这个唯一选择。但反过来讲，这也是他们在医院和短期养老设施之间辗转，并为此花光了存款和财产的结果。可以说，他们申请低保也属于被逼无奈。

在"漂泊"的过程中，财产不断减少甚至接近于零，最终不得不去申请低保——老人们只有通过这种方式才能"找到长期入住型设施"。这种矛盾不正是导致低保制度或将走向破产的症结所在吗？这种潜在隐患实在令人担忧。

"漂泊"之后的残酷现实

虽说即将领到低保补助，但大井也面临着另外一个问题：他必须搬出已住了40年的都营住宅。因为，低保制度不允许申领者同时支付两处居所的房租。由此，大井必须与都营住宅告别，尽管它承载着老两口的各种回忆。

搬家那天，在阿尔玛卡维惠子女士的搀扶下，大井来到了自己所居住的社区。他要与家里的家具摆设、各种衣物、纪念相册等曾与自己朝夕相伴的物品作一个告别。新居所是一个可提供护理服务的民营老年人住宅。那里只有一个单间，里面摆着一张床，大件家具等是不可能搬进去的。这样，当天，他必须将寄托着老两口40年回忆的各种物品全部处理掉。

拆解回收公司的工作人员将碗柜连同放在里面的"鸳鸯茶碗"等麻利地搬出屋子并装入卡车；从柜橱里掏出来的衬衫、西服及老伴儿的连衣裙等，统统被扔进了垃圾袋；另外，摆放在衣柜上的相框——夫妻俩去各地旅游时留下的美好回忆，也被悉数处理掉。

这天，大井被告知，他可以留下个别想留下的物品，但条件是"必须能自己搬走"。最后，大井只留下了两件东西。

一件是老伴儿常子为自己挑选的手表。那块手表大井非常喜欢。在从事运输业务时，为了准确掌握时间，他总是随身戴着它。另一件是常子的骨灰盒，大井还没把它放入墓地而是一直留在身边。当骨灰盒被搬出来时，大井偶然一瞥，看见骨灰盒上写着"忌日12月11日"。而当天恰好是12月11日——常子的忌日。

坐在轮椅上的大井接过骨灰盒，把它放在自己的膝盖上，用双手紧紧抱住。他一边自言自语地说着"谢谢、谢谢"，一边忍不住老泪纵横。

从这天起，大井连自己的家也没有了。他哪里想到，在一连串"漂泊"之后，等来的却是如此残酷的现实。

我们老后该怎么办？

如果我们老后也像大井那样无法独立生活，该怎么办呢？我想，很多人心中也有这种不安吧。我们应该按照什么样的标准来选择照护设施或老年人住宅呢？如果没有资产和收入，是否就没得可选呢？

我们拜访了一家名为"收费老人之家及照护信息馆"的机构，这里设有向老年人及其家属介绍收费老人之家及照护设施的咨询窗口。中村寿美子是该信息馆的员工，她向我们详细介绍了相关情况。

现在，相关设施的种类越来越多，设备和服务也渐趋复杂化。她首先分门别类地向我们介绍了面向老年人的、附带养老服务的住宅及设施（参照第72~73页图表）。

这个照护信息馆经常接到老年人及其家属的各种问询。中村女士向我们介绍了一个典型案例。

"前些天，一位女士希望我们为她年近八十的母亲介绍一个养老设施。目前，她们住在东京都心地区。因为都心的设施费用昂贵，所以我们为她们介绍了同属都内但略靠郊外的几处老人之家。

"那位女士的母亲手里有些存款，支付需要一次性支付的200万日元[1]入住金没有问题。不过，仅靠她母亲的养老金，还不足以支付每月12万日元[2]的月费。于是，她女儿同意每月为母亲补贴3万日元[3]。七八十岁的老人仅靠自己的养老金不足以支付设施费用，这种情况现在非常普遍。"

仅靠一个人的养老金收入，在东京近郊几乎不可能找

---

[1] 约合人民币11万元。
[2] 约合人民币6600元。
[3] 约合人民币1650元。

到收费老人之家,这便是目前的现实。

■ 民营收费住宅及设施(数量较多,但入住费用普遍较高)

	入住对象及其特征	入住费用	服务内容及备注
收费老人之家 (照护型、住宅型、健康型)	主要面向需要照护的老年人	■ 入住时需一次性交纳入住金数百万日元乃至1亿日元以上(也有个别一次性交纳费用为0的设施)。 ■ 月费从十几万日元到50万日元以上不等。	■ "照护型"收费老人之家:包括伙食及清扫等日常照护及护理服务在内,由设施工作人员提供全方位服务。 ■ "住宅型"收费老人之家:由设施员工制订护理服务计划,实际服务由外部合作单位提供。设施数量不是很多。 ■ "健康型"收费老人之家:对象是能够自立、无需帮助、生活可自理的老人。
带服务的老年人住宅	面向所有老年人	■ 入住时的一次性交纳费用只有定金(与租赁住宅相同,有些设施无需一次性交纳费用)。 ■ 月费为10万～50万日元。	■ 因为是租赁性集体生活住宅,所以生活自由度较高。 ■ 除了可利用护理保险服务外,还提供包括伙食、清扫等生活方面的有偿服务。 ■ 员工24小时值守及确认安全,并提供生活咨询服务。

续 表

	入住对象及其特征	入住费用	服务内容及备注
			■ 据2013年5月统计，这种住宅共有11.9万户。
面向银发族的公寓（租赁或出售）	面向所有老年人	■ 销售价格为数千万日元甚至更多，月租金则为十多万日元到100万日元左右。	■ 生活自由度相当高。 ■ 有面向健康老年人提供的娱乐服务等。 ■ 通过外部合作单位，可提供护理保险服务。 ■ 在饮食、洗澡、娱乐服务方面差别较大（因为费用差别较大）。

■ 公共性照护设施（费用较低，不过数量也较少）

	入住对象及其特征	入住费用	服务内容及备注
特别养护老人之家（照护老人福利设施）	需要照护及疗养的老年人（含需要医疗服务者）	■ 无需交纳一次性支付的入住金。 ■ 设施使用费：根据需要护理程度及收入不同金额不等。月费为4万～15万日元。单人间价格比合住房间更高。	■ 与其他设施的最大区别在于，不仅随时提供护理服务，还提供医疗服务。 ■ 可提供临终照护。

老人漂泊社会　073

续 表

	入住对象及其特征	入住费用	服务内容及备注
老人保健康复设施	在出院之后，以康复训练及体力恢复为目的的、属临时居住型的照护设施	■ 无需交纳一次性支付的入住金。 ■ 设施使用费：根据需要护理程度及收入不同金额不等。月费为8万~20万日元。	■ 可接受步行训练及专业康复训练。 ■ 设施方可随时提供护理服务及餐食、清扫等日常服务。 ■ 原则上，入住时间不超过6个月。
医院的"照护疗养型病床"	长期住院床位（用于慢性病治疗等）	■ 老年人的医疗费可利用保险，因此价格较为低廉（根据疾病种类不同价格有所区别，月费为数万日元）。	■ 因被诟病为"社会性住院"①，政府计划在2017年前逐步取消此类床位。目前正按计划逐步削减其数量。
认知症患者之家（针对认知症患者的集体生活照护）	入住对象为老年认知症患者。由少数人共同组成的集体生活设施	■ 一次性交纳入住金数十万日元（也有个别无需交纳的设施）。	■ 据称，对于尚未转为重症的认知症患者，集体生活有助于抑制其症状恶化。

---

① 指从医学上来讲没有必要住院、可以居家疗养，然而因为家中无人照护或无处可去而长期住在医院的情形。这也是造成老年人卧床不起及精神障碍者难以回归社会的原因之一。

续 表

	入住对象及其特征	入住费用	服务内容及备注
		■ 设施使用费：月费12万~20万日元。	
照护之家（费用低廉的老人之家）	面向在大城市无法入住昂贵设施的靠养老金生活者。入住者无需护理服务，但饮食、清扫等家务难以自理	■ 几乎所有设施都无需交纳一次性入住金。 ■ 设施使用费：根据收入不同，月费为6万~15万日元。	■ 主要设置在东京都等收费老人之家较为昂贵的地区。 ■ 可提供餐食等生活援助服务。 ■ 面向需要护理者的设施较少（入住者一旦需要护理，多半会被转至其他专业设施）。
银色住宅（面向老年人的公营租赁住宅）	靠养老金生活、无身份担保人、租用民营租赁住宅有困难的老年人	■ 入住时只需交纳定金（有的设施无需交纳）。 ■ 设施使用费：月费为10万日元左右。	■ 这些租赁住宅享有由地方政府提供的补贴，因此其费用较为低廉。

"带服务的老年人住宅"是安居之地吗？

眼下，政府正在加快建设"带服务的老年人住宅"（简称"带服老住")。这些住宅大多建在地价便宜的地方，因此入住费用也相对低廉。现在，很多老年人正从都心地区涌向那些地方。

与普通租赁住宅相同，这种带服务的老年人住宅也是离都心越远入住价格越便宜。在地方上，有些住宅包括一日三餐在内，每月租金仅需 10 万日元[①]（护理服务可利用护理保险，该租金不含护理服务费中的自费部分）。

中村介绍说，在日本东北地区，有一批带服老住刚刚竣工。在有些设施里，入住者一半以上都来自东京。

大井申请低保后一直在寻找接收机构，最终，他入住的也是带服老住。2012 年年底，大井终于搬离自己已居住多年的社区，住进了这个可长期居住的设施。不过，在走到这步之前，他先后在两所医院和两处短期养老设施寄住，即有半年时间处于居无定所、四处"漂泊"的状态。

大井的新居所是一座刚刚竣工的带服老住。这是一个租赁性住宅，可提供安全确认及生活咨询服务，而这些功能在照护设施里是没有的。政府计划在 2020 年之前打造 60 万户这类住宅。这类住宅在服务内容上相互间差别较大，根据地段位置收费也不相同，因此，最好事先进行充分的调查。

大井选择的是包括一日三餐在内的月费为 10 万日元的住宅。大井的需要护理程度为 4 级，需要利用护理服务及

---

① 约合人民币 5500 元。

生活援助服务，所以还需交纳其他各种费用约 4 万日元。这个住宅的收费恰好是低保收入 14 万日元①的上限。有些带服老住不接收低保申领者，但这家可以接收，这也是大井选择这里的原因之一。

带服老住是一种租赁性住宅，入住者享有"居住权"。因此，原则上，只要本人愿意就可以一直住下去。但它终究是租赁性住宅，如果入住者的认知症或其他症状加重，需要住院治疗，有时也不得不搬走。

也就是说，万一大井身体有恙长期住院，就有可能再次陷入"漂泊"的状态——一想到这点，我们也觉得很无奈和悲哀。

大井办完带服务的老年人住宅的入住手续后，负责人问了他一个问题：

"如果万一出现突发情况，您希望我们实施抢救呢，还是希望在这里平静地离去？"

他们这样做的目的，是为了防止在老年人死亡后设施方与家属之间发生纠纷。对于"不希望采取抢救措施"的老人，在安静地送走他们之后，万一其家属质问"当时为什么没采取抢救措施"，设施方就可以告诉他们，"这是逝者本人生前的愿望"。

大井因为耳背没听清楚负责人的问题。这时，陪他一同前来的地区综合援助中心的惠了凑近他耳边大声说：

---

① 约合人民币 7700 元。

"大井先生,您听说过延命治疗吗?如果突遇呼吸或心脏骤停以及大量出血的情况,大夫需要施行各种处置。

"万一遇到这类危及生命的紧急情况,您希望他们尽力抢救以延续生命,还是不需要抢救,顺其自然即可?他们想确认一下,您到底选择哪一个?"

大井默默地盯着天花板。我们不知道他是否听见,于是想确认一下其表情。

"哦……哦……"

就在这时,我们听见大井发出了低沉的呻吟。随后,他从嗓子眼断断续续地挤出一句话:

"哦……只要还有一口气……请帮我……延长生命……"

尽管话音时断时续,但其语气十分坚定。说完之后,他闭上了双眼,好似了却了一桩心事。

听到这话后,我们都颇感意外。尽管四处"漂泊",备尝生活艰辛,忍受了那么多的不便,但大井依然表示要坚强地活下去。他那凛然坚定的表情让我们深受震动。看来,在何种情况下,他都不会放弃生存的念头——也许这就是他的人生信念吧。

至此,大井持续了半年之久的"漂泊生活"总算告一段落。

"我想早点回家"

应葛西昌医会医院柴田雅世先生的请求,铃木祯博开始为樋口千代子物色出院后的居所。铃木尽力为她寻找价格低廉的设施。最终，按其家属要求，他将距东京1.5小时车程范围内、含一日三餐每月收费10万日元左右的设施列出清单，在与其家属商量后，选定了其中的一处。

樋口选中的是位于茨城县取手市的一处刚刚竣工的带服务的老年人住宅。这个设施有合作医院及诊所，大夫可以24小时出诊。设施方介绍说，"即使需要护理程度加重或者医疗依赖度提高了，老人也可以一边住在里面一边接受各种服务"。

入住当日，樋口在女儿的陪伴下来到了这个设施。她们下车后走进了房间。装饰一新的房间看起来很宽敞（约有8叠大），中间放着一张护理床。樋口与女儿在房间里待了一会儿。突然，樋口大声叫嚷起来：

"早点……早点……早点吧！"

我们问樋口的女儿安代，她母亲在说什么呢？安代女士有些难为情地告诉我们：

"她大概是想早点回家吧。"

安代是一位单身母亲，目前与念高中的儿子住在一起。

她一直在一家公司从事事务性工作，包括儿子的学费在内，家庭开销越来越大，此外还得支付房租等，因此母子俩的生活很是拮据。她向我们坦言，由于经济条件有限，而且还得上班，所以白天她实在无法照顾母亲。

"我对不起母亲，不能让她跟我们一起生活。为此我感到很愧疚。

"她在住院时，也握着我的手说：'小安，（我跟你们住在一起）不行吧？不太方便吧？肯定不行吧？'她很想跟我们住在一起，但她也知道这不现实。"

安代说完后，紧握母亲的双手呼唤道：

"这里就是咱们的新家哦。还不错吧。"

就在她不停呼唤的时候，樋口女士仍在焦急不安地叨叨"早点回去"。看到母亲这个样子，安代喃喃地说：

"我今天得把她一个人留在这里。一会儿离开时，我可能也会伤心落泪吧……"

在入住带服务的老年人住宅两周之后，樋口女士开始吃不下东西，甚至连水都喝不下去，于是被紧急送进了医院。这时，仅靠细致的护理服务已无法延续其生命，因此，她住进了位于老年人住宅附近的一家医院。

2013年7月，在本节目播出半年之后，樋口女士离开了人世，享年86岁。据说，她最后是自然死亡。我们谨为其祈祷冥福。

大井四郎的临终时刻

在申领低保补助后，大井四郎终于住进一家带服务的老年人住宅。但是，他也并非就此高枕无忧：如果身体状况恶化，他随时可能再次踏上"漂泊"之旅。

大井喜欢吃甜食。在他入住一个月之后，我们带上他最爱吃的豆沙馅点心，前去探望过一次。

"大井先生，好久不见。瞧，我们给您带来了豆沙馅点心。"

"噢，太感谢了！给你们添麻烦了，真是不好意思。"

"给你们添麻烦了，真是不好意思"，这句话已成了大井的口头禅。后来，我们聊了很多陈年旧事。看到大井先生开心的笑容，我们悬着的心终于放了下来。之后，我们便离开了设施。

之后又过了两个月，2013年4月18日，地区综合援助中心的工作人员突然打来电话说：

"昨天，大井先生因昏迷不醒被紧急送入了医院。"

第二天，当我们赶到医院时，大井已被送进重症监护室。他的气道连着人工呼吸机，已处于生命垂危状态。可能戴着呼吸机很难受吧，他的嘴角渗出了丝丝血迹。

"大井先生！大井先生！"

任凭我们无数次大声呼唤，最终他也没能睁开双眼。

四天之后，即4月22日凌晨，大井四郎终于走完了他88年的人生旅程。

作为低保补贴申领者，大井的丧葬事宜由基层政府负责处理。当我们前往实施遗体火化的殡仪馆时，看见地区综合援助中心的惠子女士也在那里。

我们双手合十默默祈祷，眼前又浮现出大井表示"一定要活下去"时的坚定表情。

"大井先生在临终前说什么了吗？"

纵然自身处境艰难，但大井一直很愉快地接受我们的采访，其勇气令我们倍感钦佩。可是，他的愿望和期待是

老人漂泊社会　　081

否得到了满足呢?

节目播出后,我们收到了很多对大井表示关心和鼓励的观众来信。在进行遗体告别时,我们将这些信件和明信片也放入了灵柩。我们在心中默默祷告:大井先生,您心爱的妻子常子在天堂等着您呢。您放心去吧!

大井先生,请安息吧!愿天堂里没有"漂泊"!

第三章
"在漂泊中死去"的老年人

——3叠大的陋室,"免费廉价住所"之现实

在"免费廉价住所"工作人员的陪同下,吉田步履蹒跚地来到老伴儿的墓地。或许他已有所预感,这将是他最后一次来到这里。

新的接纳平台——"免费廉价住所"

从 2012 年 3 月起,我们对那些没有"终老之所"的"漂泊老人"进行了一系列的采访。在采访过程中,很多从事社会福利工作的人士都告诉我们:

"这些老人如果真没有去处,那最后恐怕只能去'免廉'吧。"

目前,由于老年人的接纳机构数量严重不足,社会上出现了一种异常现象:很多老年人陆续住进了一些原本并非用于接纳老年人的设施——"免费廉价住所",简称"免廉"。

这种免费廉价住所,是指根据《社会福利法》相关标准设立的临时住宿设施。简言之,它是住宿设施,而并非福利设施。它本身并非接纳孤寡老人的设施,而主要用于接纳那些被基层政府救助的无家可归者,是他们的临时庇护场所。但是,因为有专人管理,而且提供餐食服务等,所以，那些急需帮助的老年人便纷纷入住其中。

里面的房间大多只有3叠大①。虽然提供一日三餐，但因为它既非医疗设施，也不是照护设施，所以原则上，像打扫卫生和洗衣服等日常家务都需要自己动手。

老人们在照护设施及医院等地辗转"漂泊"后，最终流落至免廉，这里也就成为其"终老之处"——如今，入住这种设施的老年人越来越多。随着这种需求的扩大，免廉的数量也在持续增加，NPO等民间组织纷纷把老旧楼房改造成这类设施并加以运营。从外表看，它们跟普通的员工宿舍或租赁公寓并无两样。可是，一旦进入楼内你就会发现，整个楼层被分割成了很多狭小空间，许多老人蜗居其中。

为什么这种设施现在成了老年人的"终老之处"呢？这些老年人在抵达这里之前又经历了怎样的"漂泊旅程"？这些免廉正逐步成为老年人的新的容身之处。为了了解其实际情况，我们决定去采访住在其中的老年人。

为此，我们首先走访了一家总部设在东京的NPO。他们以首都圈为中心，先后创建了很多家这类设施。目前，他们一共运营着140家免费廉价住所，每年接纳4000多名"无处容身"的老人。近十年来，随着"老龄化""单身化""贫困化"的齐头并进，很多老年人失去了栖身之处，这种设施逐渐成为其新的接纳平台，行业成长极为迅猛。该组

---

① 约合 4.86 m²。

织的理事长只有30多岁。他告诉我们，由于对老年人设施的需求越来越大，目前这个行业正处于供不应求的状态。

"每天，我们都会接到要求入住免费廉价住所的电话。我们也想尽量满足这些要求，但是希望入住者实在太多，已超出我们的接待能力，所以有时我们也不得不婉拒他们。"

由于正规的接纳设施数量不足，这种免费廉价住所已逐渐成为老年人的"临时庇护所"。

"无亲无故、无钱无财、无处可去"的老年人栖身何处？

这家NPO还专门设立了针对"需要照护或帮助的老年人"的接纳设施。虽然同为免费廉价住所，但这些设施可以为入住者提供上门护理服务。另外，坐轮椅及腿脚不便的老年人也可以入住，因此，所有房间总是住得满满的。经常是前一个人刚去世，后面的人又马上住了进来。

2012年春天，我们首次实地走访了其中的一处设施。该设施离最近的电车站步行只需5分钟。周围是住宅街区，环境安静舒适，从外表看，它就像是一座二层结构的公寓楼。从一层大门进去后，正面是一个10叠大①的食堂。餐桌旁边坐着几位老人，他们正面无表情地默默抽烟。相互间连眼神交流都没有，当然更没有聊天，他们好像并不想

---

① 约合16 m^2。

成为朋友。

我们沿着走廊往里走,发现食堂的四周是一圈走廊,走廊的外侧是一个挨着一个的房门。这里一共有 27 个房间,每个房门上都贴着姓名牌。仔细一看,在入住者姓名旁边,还写着基层政府福利课的名字。

NPO 的宣传负责人一边带我们参观,一边向我们介绍说:

"这上面写着各个基层政府福利课的名字,这些老人都是由它们介绍来的。"

当老年人因生病或受伤无法在家居住,并且在照护设施找不到空床位时,他们(或者其家属)首先就会去找基层政府。如果有足够的养老金收入或存款,靠自身资产入住民营收费老人之家没有问题,那么他们就能找到接收机构。但这种人只是极少部分。目前,靠每月全额仅 6.6 万日元的国民年金生活者有 800 万之多(2012 年统计数据)。而且,该数字还在持续增加。

有些老年人靠自身资产无法入住收费老人之家,但是又必须马上找到入住设施,于是,他们只能去央求基层政府。基层政府也没有更好的办法,最后不得不把他们介绍到这种由 NPO 经营的免费廉价住所,这便是目前的实际情况。

在这种时候,基层政府一般会采取这种做法:让这些老人先去申请低保,然后再去入住免廉。换句话说,必须由基层政府为入住费用作担保,运营住所设施的 NPO 才肯接收这些老人。其运行机制是:设施按低保补贴的上限设定入住费用，这些老年人交费后便可入住其中，享受包括用餐和居住在内的服务。

接受我们采访的这家设施，包括一日三餐（多为外卖盒饭等）的费用在内，入住者每月需支付14.33万日元①。这样，那些老年人就必须将几乎全部的低保补贴都交给设施。最后，手里仅能余下买点香烟或糖果的零用钱。

"也许有人会嫌我们收费太高。实际上，扣除伙食费和人工费等成本之后，我们基本上无利润可言。"

NPO的负责人解释说。实际也的确如此，这些老年人必须随时有人看管和照护，因此，设施工作人员从早到晚一直都在忙个不停。

采访当天，我们恰好看到这样一幕：一个工作人员去帮一位老人买东西。

"我去买点零食吧。"老大爷说。

"您自己出去不安全，还是我帮您买吧。买煎饼可以吗？"工作人员问。

"好吧。来，给你钱。"

老大爷摊开刻满皱纹的手掌，将一摞10日元硬币（一共大概有200日元②）交给了工作人员。几个小时之后，当我们再次来到老大爷房间时，煎饼已经买来，老大爷正吃得津津有味呢。

老人们纷纷表示：能入住这里，自己已觉得很幸运。

"能在这里过上这样的生活，我们已很知足。我们不敢

---

① 约合人民币7000元。
② 约合人民币11元。

有别的奢望。"

"若是一直待在家里的话,恐怕我早已不在人世了吧……"

尽管免费廉价住所毫不起眼,档次也很低,但它却是这些无依无靠、无钱无财也无处可去的老年人费尽周折才找到的容身之所。

NPO当初设立和运营免费廉价住所的目的,是为了援助那些无家可归者和低收入者。他们最初的主要活动是在都内的上野公园等地点,对那些无家可归者进行救助,让他们暂时住进这些设施,并协助他们办理低保申领手续。最终目的是为了让他们走向自立和重归正常生活。

也可以说,正是因为他们在办理低保手续时经常与基层政府打交道,所以,后来基层政府才会请求他们接纳那些找不到居所的低养老金及无养老金收入的老年人。这种设施就好像是为那些老年人"量身定做"的,因此其需求迅速扩大。2005年,入住者中65岁以上老人的占比为29%,到了2012年则迅速升至37%。

"简易住所"亦是"终老之处"

这些老年人的临时庇护所并不仅限于免费廉价住所。"简易住所"也正成为很多老年人的"终老之处"。它与免费廉价住所虽同为住宿设施,但属于不同类别。

在台东区与荒川区的交界处有一个"山谷地区"。这里过去是打工者聚集之地，俗称"简易住所一条街"。在昔日住满打工者的简易住所里，现在住着很多老年人。这些人终日无所事事，即便白天也大都躺在床上。

这些住所的价格比较便宜，住宿一晚仅需1500～3000日元。然而，在这里临时借宿者很少。与免廉一样，入住者也都是由地方政府福利课介绍来的领取低保补助的老年人。

在山谷地区，住着很多与社会"无缘"的孤独老人。走在这个街区上，恍惚间，我觉得自己穿越时空，来到了日本未来的超老龄社会。

夕阳西下，山谷的大街被染成了黄橙色。一位老人坐在路边，一边叼着烟卷一边注视着某个地方。顺着其视线，我们看见一只大肥猫正在慢腾腾地走着。在马路对面，一位老者拄着拐杖茫然站立。他要去哪里？还是哪儿都不去？一副心不在焉、无所适从的样子。他们对于眼前的过往景色漠不关心。看见这些人，你会觉得时间也变得缓慢，整个街区就像进入了慢镜头似的。

"他们到底为了什么而活着呢？"

与这种疑问同时涌上心头的还有恐惧感：生活在这样的社会，等以后老了，我们能够自主选择老后的生活方式吗？既没有可依靠的家属，也没有可回归的故乡，甚至连钱也没有；等回过味来，自己已患上认知症，只能在基层政府的帮助下住进免廉——这种事情说不定就会发生在你我身上。

这家 NPO 的免费廉价住所已经接纳了很多老年人。他们的理事长坦然表示：之所以接收这么多老年人，其实都是因为社会上存在这种需求。

"有人抱怨说免廉费用太高，房间太狭窄等等。但是，从现实角度来讲，如果没有这些免廉，这些入住者现在能去哪儿呢？他们岂不是无处可去么？"

基层政府也知道，这些老年人住在这里未必舒适，但是他们也没有其他选择，只能让老人们入住其中。尽管这些设施并非专门接收老年人的设施，但是该 NPO 明确表示，"只要有需求，我们就会尽可能地接纳这些老人"。目前，他们仍在不断地增设此类接收设施。

今天，越来越多的老年人为寻求"终老之处"，而纷纷入住免廉或者简易住所。

"让我在这里待到死吧"

因为免费廉价住所不是长期居住型设施，而是一种临时性住宿设施，所以房间非常狭窄。其房间面积只有 3 叠大，里面有一台小电视机、一台空调和一张床，除此之外再无其他东西。那些住客整日都待在屋里看电视，或在床上躺着。很多人整天都不与他人说一句话。

到了开饭时间，有的人在房间里用餐，也有四五个人到食堂里来吃。然而，即便在食堂，他们也只是默默地把食物送进嘴里，相互间没有任何交流。

"每天在这里生活，您有什么期待吗？"

来过几次之后，我们跟一些入住者逐渐混熟了。于是，我们问了他们这个问题。但他们的回答全都一样：

"哪有什么期待呀？"

"在这里想有期待……那也太晚了吧。"

我们想，既然生活没有期待，那他们一定很想离开这里吧。然而，他们的回答却恰恰相反：

"我现在哪儿都不想去。"

"请让我在这里待到死吧。"

在抵达这里之前，这些老年人已尝尽漂泊之苦，因此，他们真切希望能在这里多过几天安身日子。

无奈现实：不容选择的老后生活

在被采访者当中，有一位名叫田中明（化名，60多岁）的老人。他整天在屋里戴着耳机看电视。可能他也闲着无聊吧，每次我们去采访时，他讲起话来总是滔滔不绝的。

他所居住的房间只有3叠，如果把电视放出声音来，就会干扰到左邻右舍，于是他只好戴上耳机。不过，当耳机与电视机连在一起后，人就不能随意走动了。这样，他只能终日躺在床上看电视。

即使是白天，他也躺在床上。中午，当工作人员把便当送来后，他便从床上慢腾腾地爬起来。然后，他拿出剪刀，将便当里的烤青花鱼和炸鸡块等剪成碎块。

"因为我没有舌头，所以吃东西很费劲。"

田中告诉我们说，自己接受过舌癌患部切除手术，所以舌头很短，说话和吃饭都受影响。

"我担心如果不好好吃饭，会被他们赶走，所以，每次总是尽量把饭菜都吃干净。可是，我也不能囫囵吞枣呀，因此必须先用剪刀把它们剪碎。"

田中一边把食物剪成碎块，一边努力地把它们吃了下去。

田中存在进食障碍，该NPO曾专门讨论过此事。因为免费廉价住所既非医疗设施也不是照护设施，这里无法提供饮食护理及流动性食物。如果入住者生活不能自理，就只能从这里搬走。

吃完饭后，田中终于松了一口气。他小声叨叨说：

"希望他们能让我一直待在这里，因为我没有其他地方可去。"

吃完饭后，他还特意收起便当盒，并把它放到一楼的厨房。他这是为了向工作人员展示自己的能力：瞧，在生活自理方面我完全没有问题哦。

用餐完毕，他又爬上床，戴上耳机继续观看电视。

"不给别人添麻烦，在这里老老实实地待下去。现在我只有这一个选择。"

好不容易找到个免费廉价住所，然后便只能"赖"在里面不出来——这就是"老后生活无法自主选择"的无奈现实。

"我已经无处可去了。请让我在这里待到死吧。"

尽管我们录制组并非NPO的工作人员，但80多岁的幸田敏夫（化名）仍然一个劲儿地向我们恳求道。他也是在好几所医院和养老设施辗转漂泊后，才终于住进免廉的。

"那些工作人员说，这里不提供临终照护服务。可是，即使被赶出去，我也无处可去哟……"

据称，幸田因脑梗死住院后，曾经入住过其他免廉。

"之前那个设施，那才真叫差劲呢。跟它比起来，这里简直是大堂啊。"

据说，他之前所住的那个免廉，房间是用胶合板隔成的单间，既狭小又简陋。一个人躺下后，屋里就再没有下脚之处，隔壁的声音也听得一清二楚。

"待在那个地方实在太难受了。"他甚至不愿回忆当时的情景。脑梗死令他的四肢落下了残疾。据说，因为房间狭窄无法静养，他的四肢瘫痪曾一度有所加重。后来，现在这个NPO恰好有空房。他们问他是否愿意来这里，他便欣然接受邀请搬了过来。

虽然同为免费廉价住所，但各个设施的条件却千差万别。有的设施因房间过于狭窄，或者环境过于恶劣，而经常遭到市民团体等的投诉。但即便如此，那些老年人也巴不得"待在里面不出来"。

我们认为，正是老年人接收设施的数量严重不足，使得这些老年人只能默默忍受各种不便，而且，这也是造成那些恶劣设施大行其道的间接原因。

"自己能在这里待到何时？我因为担心被赶走而难以安睡……"

说话者是 60 多岁的齐藤一（化名）。他年轻时是园艺师。现在，每天吃完晚饭后，他都必须服用安眠药。即便如此，他仍会在夜里 12 点钟左右醒来。

"今后会怎么样呢？自己能在这里待到何时？"

强烈的孤独感及对未来的忧虑挥之不去，令他难以安然入睡。

他是青森县人，很早就远离故乡，在静冈县从事庭园打理工作。在一次作业中，他从楼梯上摔落下来，身体受伤并且四肢落下残疾。之后，他便失去了工作能力。他一直没有结婚，也没有可依靠的亲属，在青森的父母均已过世，与兄弟姐妹及亲戚也几乎没有联系。所以，突然之间，他的生活变得异常艰难。于是，他所住的医院便与 NPO 联系，希望他们在他出院后能够接收他。

齐藤在生活中唯一的期待，就是用支付完设施使用费后剩余的零钱，去购买纺锤形面包。每次他都是自己去超市购买。去附近超市，正常成人步行只需 3 分钟，而他因为腿脚不便需要走 20 分钟。

我们问他为啥喜欢纺锤形面包。他跟我们聊起了他的青葱时代。在做园艺师之前，他在神户的一家面包厂工作。当时正值三四十岁的壮年时期，每天他从早到晚都在专心致志地工作，上司对他也很认可，经常把卖剩的纺锤形面包悄悄塞到他手里。

"那个味道可真难忘啊！那可是我人生的辉煌时期呀……相比之下，眼下的日子太可怜了！"

白天，齐藤几乎无事可做。为了打发时间，除了购买纺锤形面包之外,每天他还要做一项工作:清扫设施内的走廊。每天,他都要反复打扫好几遍。包括边边角角在内,从一楼到二楼的走廊,另外还有台阶,都得用抹布擦得干干净净。

"既然人家好心收留我,那我总得干点什么吧。"

他告诉我们,对于自己靠低保补助寄身于此,他总是"感觉有些愧疚";再者,打扫卫生也是一种康复训练。做一些康复训练增加身体活动量,这样也能让自己在这里待得更长久。因此他表示,自己会坚持把这项工作做下去。

他还跟我们讲述了自己夜里失眠的情形。

"夜里,明月当空。我待在屋里就能看见窗边的月亮。如果仔细观察,还能看见月亮从窗户的左边慢慢移向右边。看着看着,天空就逐渐亮了起来。"

每天,他真正睡着的时间只有两三个小时。漫漫长夜里,他常常回忆起在青森度过的童年时光。那时,他每天与小伙伴及兄妹们一起尽情玩耍——昔日的情景又在脑海里浮现出来。

"而今自己变成了孤身一人,所以总是不自觉地想起那些往事。"

不知道自己能在这个地方待到何时,为此,他心里总是惴惴不安。没有安心的居所,每日倍感孤独——齐藤的内心世界其实也不难理解。不过,在夜里失眠难过者又何止是齐藤。大多数入住者都表示,他们在夜里不能安眠,甚至"很讨厌夜晚的到来"。

尽管这里的房间只有"巴掌大小",但好歹也算有个安身落脚之处。如果这里也不让待了,那才真叫走投无路呢——这才是他们最担心的事情。为此,入住者们大都显得寂寞无助,那种担心与无奈就写在他们脸上。

"能入住照护设施者,还算是幸运的呢"

一般来讲,运营免费廉价住所的 NPO 都会与入住申请者面谈,以决定是否接纳他们。我们也有幸去面谈现场进行了采访。

神奈川县一家医院的医疗社工告诉我们,有位老年患者正在寻求接收设施。于是,我们前去旁听了他们的面谈,以确认其入住之后生活是否能够自理。如果患者生活不能自理,那么设施是不会接收的。

当时,那位老人还在住院。当 NPO 的工作人员来到病房时,老人还在床上躺着。据说,他是因为突然发病而被紧急送入医院的。目前,相关治疗已结束,但他的腰部及下肢还使不上劲儿,一个人料理家务有困难,因此,医疗社工正为他今后的去处发愁。当然,他也没有可依靠的家属。当我们走进病房后,护士把我们一行介绍给了患者。

"这位是 NPO 的工作人员,这次由他来为您安排住所。"

医疗社工一边告诉老人,一边给他看免费廉价住所的宣传册。他对老人说,那个设施住起来相当舒适。最终,NPO 的工作人员认为老人在身体方面没有问题,打算让他住进在神奈川新建的一家免廉。

面谈结束,当我们走出医院后,NPO的工作人员对我说:

"那位社工现在总算松了一口气吧。医院方面肯定想把病人往外推。因为如果病人不出院,会对他们的经营造成影响呢。"

那天,当我们陪同免廉的工作人员去与患者面谈时,他还不断接到其他医院打来的求助电话,请他帮那些找不到照护设施、靠低保生活的老年人安排住所。无论走在路上还是坐在车里,那位工作人员一直都忙着接打电话。

"X月X日是吧。那我大概X点去你们医院。"

在他的笔记本上,密密麻麻地写满了面谈日期等计划安排。

突然,我转念一想:相比之下,那些能够入住照护设施者还算是幸运的吧。

这些老人即便生病难受也无人过问,之后因病情恶化而被送往医院;出院后找不到去处,只能住进免廉。若是周围早些发现其异常,也许这些患者的病情就不会恶化,现在正在家中过得悠哉游哉的呢……想到这些,我心中也甚感无奈和难过。

吉田和夫的不幸遭遇

在对这个NPO属下的免费廉价住所进行采访时,我们依次敲开了每一扇房门，与入住者逐个进行了交谈。在这个过程中，有一位老人与我们成了无话不谈的朋友。这位老人名叫吉田和夫（化名，81岁）。他见人总是笑呵呵的，这点给我们留下了很深的印象。我们永远也忘不了他。

当我们找到他时，他说他搬到这个免廉刚好半年。我们问他：为什么要搬入免廉呢？他回答说，其实是一些极为偶然的因素令他"流离失所"的。

吉田出生于福岛县，家里原先是做石材生意的。他继承了父亲的买卖，可是后来经营难以为继，便在20多岁时来东京谋生。由于他人很老实又勤快，很快就在一家自来水管道安装公司找到了工作，而且一干就是50年。

"现在人们用水很方便，只要打开水龙头就有水哗哗流出，对吧。我过去所从事的就是自来水管道铺设工作。"

一聊起工作，吉田先生立刻变得眉飞色舞起来。

吉田还有一个爱好，那就是职业棒球。只要一说到棒球，他就立刻来了精神。现在，由于腿脚不利落，吉田很少外出。于是，在屋里看电视上的职业棒球赛，成了他唯一的乐趣。他是巨人队①的铁杆球迷，只要电视上有巨人队的比赛，他就会目不转睛地盯着电视画面。在比赛结束之前，即使有人跟他讲话，他也根本听不进去。

吉田有三个孩子，两个女儿和一个儿子。到了这把年纪，他本该膝下儿孙满堂乐享清福，却为何流落至此呢？

---

① 读卖巨人（Yomiuri Giants），是一支隶属日本职业棒球中央联盟的球队，成立于1934年。

当我们问他这个问题时,他一下子变得沉闷起来,表情也有些僵硬。

"直到半年前,我们一家子还过得好好的呢。"

与家人一起住着独门独院的房子,与左邻右舍处得很融洽,在社区也很有威信——那时的吉田想当然地认为,自己老后一定也会很幸福。

可是,他哪里想到,后来自己竟无法在自家居住。那么,是什么令他走向漂泊生活的呢?最初的起因还是疾病。

吉田身上有股匠人气质,他原本打算只要身体允许,就在自来水管工程一线一直干下去。因此,即使年过七十,他依然还在上班。可是,后来体力实在跟不上了,他便从一线退下,由此脱离了"职场"社会。当时,吉田的妻子还健在。于是他想,那今后就与妻子"执子之手,与子偕老"吧。可是谁能想到,妻子却突然撒手人寰。

工作没了,妻子也离世了,于是家里便只剩下吉田和儿子两人。儿子已50多岁,仍旧是独身。之后,儿子成了家里的顶梁柱,不仅要负担家庭开支,还得照顾老父,比如带着患有高血压的老父去看病等。昔日的五口之家只剩下父子两人。吉田尽管有些寂寞,但好歹还有儿子可以依靠。

可是,好不容易刚习惯了父子俩相依为命的生活,吉田又遭受了一个更为严重的打击。吉田行动不便且没有收入来源,大小事情都得依靠儿子。然而,有一天,儿子因为脑梗死被紧急送进了医院。此后,吉田的生活就变得艰难起来。每天,女儿在自己家里做好饭菜,然后走很远的路给他送来。但是,女儿在婆家也有需要照护的公婆。见父亲生活无法自理,女儿寻思"看样子只能把他送进照护设施吧"。

在同一时期,因送医及时而捡回一条命的儿子还在继续住院。儿子尽管恢复了意识,但落下了半身不遂的毛病,自己走不了路,去哪儿都得坐轮椅。在这种情况下,儿子不得不辞去工作。这时,对儿子来说,自己的生活和住院费已压得他喘不过气来,哪里还有能力照顾老父?

吉田所遭遇的不幸还不止于此。

吉田一边拖着病体一边等着儿子回家。这种独居生活使他的身体状况迅速恶化。在儿子住院还不满三个月时,吉田的老毛病动脉瘤恶化,这使得他整日卧床不起。如果没有人照护,别说进食,就连如厕都很困难,日常生活难以自理。在这种情况下,一个人单独生活甚至可能危及生命。

已出嫁的闺女依然挂念着卧床不起的父亲。然而,闺女自己也得了癌症,天天在与疾病作斗争,因此她也无法继续照顾父亲。一边忍受着抗癌药的副作用,一边还得照护公婆,闺女对自己的父亲实在是爱莫能助。

无奈之下,闺女只得把老父送入照护设施。然而,照护设施也不是轻易就能找到的。入住照护设施的最大障碍还是收入问题。由于吉田年轻时没有缴纳足够的养老保险费,所以他只能拿到部分国民年金,每个月的养老金收入仅3万日元左右,这也是他目前的全部收入来源。仅有的一点存款，也因儿子住院被花光了。这样，吉田只能去寻找月费3万日元以下的设施。

但是，哪里会有如此便宜的照护设施呢？

社会福利课职员的冷漠发言

由于吉田行动不便，于是他闺女便去帮他寻找照护设施。她首先找到了基层政府的社会福利课。但是，相关负责人冷冰冰地告诉她：寻找接收设施可不是那么简单的事情。

"你这也是子女无法照顾父母的情况吧。像你们这种情况，寻找接收设施可不是那么容易的哦。如果收入也有限，那就只能去那些无家可归者入住的设施喽。"

吉田的闺女对基层政府职员的话感到很震惊。他们的言下之意是，"你父亲只能成为无家可归者了"。

虽说低收入者可以入住特养，但无论哪家特养都没有空床位，申请后不等上数年是不可能轮到的。吉田如果想立即入住，那就只能选择民营的老人之家，可是费用方面又不合适。

前述基层政府职员所介绍的"供无家可归者入住的设施"，指的就是免费廉价住所。前面也提到过，免费廉价住所是低收入老年人的唯一选择，因为只要申领低保补助就能立刻入住。目前，基层政府的社会福利部门正源源不断地介绍老年人入住其中。

吉田的闺女认为，一边领取低保补助住在普通住宅，一边接受居家照护,这种方式可能对父亲更为有利。于是,她开始去为父亲寻找普通住宅。但无论她去哪家房屋中介,只要一说"入住者是一位生病的老人",对方就会告诉她"无房可租"并把她轰走。"可能他们担心出现孤独死,所以不愿把房子租给我们吧。"吉田的闺女说。

吉田没有栖身之所,他的闺女必须尽快为他想办法。于是,她只好再次向基层政府求助。这次,他们给她介绍的就是吉田现在所入住的免费廉价住所。这个住所是由NPO运营的,距吉田家所在街区有1.5小时的车程。对吉田来讲,这是一个人生地不熟的陌生环境。纵然如此,吉田还是打定了主意:这是闺女费尽周折为自己找到的住所,自己就在这里度过余生吧。

住进免廉之后,吉田整日待在屋里看电视,要不就躺在床上。这样,他的腰部及下肢日渐衰弱乏力。照此下去,他从这里走出去、回归自立生活的希望或将变成泡影。吉田自己也感到:今后自己只能住在这里,除此之外别无选择。

我们一边在内心表示歉疚,一边问了他一个残酷的问题:

"您打算在这里待到生命的最后一刻吗?"

尽管脸上有些悲伤,但吉田回答得很干脆:

"只要他们允许,那我就不走了。在这里待到最后一刻。"

这主要是因为他不愿再给儿女们添麻烦,另外也是出于无奈——除此之外，他再无其他容身之处。因此，他决定将这个3叠的房间作为自己的"终老之处"。

最后，吉田无力哀叹道：

"我一辈子都生活得平平常常的。到了最后，人生咋就变成这样了呢？"

其孤寂无奈的表情令人难忘。

天天盼着早间广播

与其他入住者一样，吉田在夜里也难以安眠。晚上10点好不容易睡着了，到凌晨1点就会醒来。

在漆黑的夜里，他只能望着天花板静待天明。每当这时，吉田就盼着收音机里早晨4点的歌曲节目早点到来。他非常喜欢听演歌，尤其是千昌夫[①]的歌曲。

吉田几乎不沾酒，但从年轻时起就喜欢唱歌。对他来讲，与同事一起去唱卡拉OK，是最有效的释放压力的方法。退休之后，他和老伴儿经常与附近的老年人一起去参加卡拉OK大赛，这些现在已成为美好的回忆。当然，他最拿手的还是千昌夫的歌曲。每当凌晨睡不着时，他就听收音机里播放的演歌。有时，听着听着，他又会再次浅浅地入睡。

"不知道为什么，只要一听到演歌，我的心就会变得平静。"

[①] 千昌夫，本名阿部健太郎，1947年生，日本著名的演歌歌手，其演唱的《北国之春》不仅在日本，在中国也家喻户晓。

也许演歌的动人旋律勾起了他昔日的美好回忆，并令他内心感到了温暖吧——在吉田最感无助的时候，是清晨的广播给了他积极向上的勇气和力量。

"不愿给孩子们添麻烦"

去了几次吉田的房间后，我们发现一个现象：在这个3叠大的房间里，几乎没有他自己的东西。

在申领低保补助、腾退原先的住宅时，难道他没有值得保留的物品吗？我们问他："您没有过去的照片或相册吗？您妻子的遗物也没有吗？"他只是一个劲儿地摇头："什么都没有。"

房间里仅摆放着以下几样东西：床头有一个小桌子，桌子上放着一台电视机和一个收音机；另外，在房间的一角立着一个小架子，上面放着牙刷及零食等小东西。

由于房间面积本来就有限，入住者能带入的东西自然受到限制。我们偶然注意到架子上放着一个相框。相框里的人面带微笑，那是吉田的妻子，已于10年前因病去世。"您老伴儿是一个什么样的人呢？"针对我们的提问，吉田一边微笑着一边开心地跟我们聊起了他的妻子。

"她性格很要强，所以我俩经常吵嘴哩。"

接着，吉田告诉我们，自己所从事的自来水管道安装工作非常繁忙，所以家里全靠妻子一人照顾。每逢休息日，她都会亲手制作各种下午点心，然后全家人聚在一起享用。从吉田的讲述中可以看出，他们是一对年轻时共同养育儿女、老后也相互体贴的"鸳鸯夫妇"。

另外,在放着相框的架子上,总是整齐地摆放着从附近超市买来的梅干。

"每顿饭我都要吃一粒梅干,这已成为我的习惯和乐趣。"

过去全家人围坐一起吃饭时,餐桌上必定少不了妻子亲手制作的梅干。因此,吉田一直保留着每顿饭在碗里放上一粒大梅干的习惯。在我们看来,吉田不单是在吃梅干,更是在咀嚼往日的美好回忆。

一说起妻子及家里人,吉田便收不住话匣子。

"别看我儿子还在住院,过去我的生活可全靠他呢。女儿在出嫁后很少见面,但年初她也给我寄来了这个。"

吉田一边说着,一边从床头抽屉里取出一张贺年卡。贺年卡上写着:"恭贺新禧!您老身体依然很健康吧?"字里行间透露出女儿对老父的关爱和挂念。

吉田的床头上还放着一张写着字的小纸片,那可是他的"心肝宝贝"。他曾经无数次把它打开后又折叠起来。纸片已变得皱皱巴巴,并且有些泛黄。

我们轻轻打开了那张纸片,那上面写着他闺女和儿子的手机号码。为了能随时给儿女们打电话,他一直随身携带着这张纸片。然而,尽管曾经无数次打开这张纸片,吉田并没有给他们打电话。每次,他只是默默地把它打开,然后又折了回去。就这样,他把对儿女的思念深藏心底。

"我不想让孩子们感到担心,不愿给他们添麻烦。"

儿子因患脑梗死止在住院,闺女也身患癌症天天在与

老人漂泊社会 107

疾病抗争，吉田实在不愿再给他们添麻烦。孩子们身体状况如何？有没有什么烦恼和忧愁？他反而对孩子们的事情放心不下，想听听他们的声音。他一边强忍着这种心情，一边把那张纸片无数次打开后又收起。慢慢地，纸片变得褶皱不堪……

得知这个细节后，我的脑海里浮现出吉田手握纸片却不忍拨打电话的样子，内心也倍感寂寞和悲凉。

吉田首次"求人帮忙"

我们的采访始于 2012 年 3 月。之后又过了半年，季节由秋入冬，天气渐寒之时，吉田的身体也每况愈下，日渐衰弱。他连续数日血压居高不下，饭量也越来越小。很多时候别人都吃完了，他一个人还在那里吃，吃顿饭要花 30 分钟以上。

吉田开始对自己的身体状况感到不安。于是，他提出了一个请求：想趁现在还走得动，去为亡妻扫墓。

妻子的墓地距他们过去的住宅步行只需 15 分钟。在入住免费廉价住所之前，每个月到了"月命日"①，他都会去为亡妻扫墓。但是，搬到免廉后，从住所到墓地开车需要一个半小时。吉田既没有车，也不能自己走着去，所以他就没法去扫墓了。

可是，如今自己身体每况愈下，照此下去，若身体变

---

① 日本将与逝者忌日同日不同月的日子称为"月命日"。

得不能动弹可就万事休矣。吉田担心出现这种情况,于是提出自己想去扫墓。这是吉田搬入这个免廉后,首次开口求人帮忙。

扫墓当日,我们获准与吉田同行。早晨8点,我们来到了吉田的房间。在工作人员的帮助下,吉田正在做出门的准备。工作人员在帮他修剪指甲。那位工作人员与古田的闺女年龄相仿。"咔嚓、咔嚓",她握着吉田满是皱纹的手,剪得非常仔细,生怕剪到他的手指。

吉田挺直了腰板,脸上也明显有了生气。

"今天我要去扫墓,不穿戴整齐哪行啊。"

在工作人员的搀扶下,吉田坐上了汽车。上车后,他显得有些兴奋,话也多了起来。

"今天去给老伴儿扫墓,您现在心情如何?"

"我可太期待了!感觉就像要和她久别重逢似的。"

吉田提高了嗓门儿。他这种高兴劲儿也感染了我们。

吉田注视着车窗外面。突然,他开始滔滔不绝地向我们讲述他的过去。原来,车子正经过他过去干活的工地。

"瞧,那儿现在不是有人在施工吗?以前,我也像他们那样在这里干活呢。那时真是很拼命啊……"

在车上,吉田一直在讲述他过去的故事。在行驶一个半小时后,汽车来到了离他妻子墓地不远的地点。

"以前我们经常骑车在这一带跑来跑去。这地方真是令人怀念啊!"

吉田一边说着一边把目光投向远方,凝视着车窗外的街景。

"如果能回家就好了。说实话,我还是想住在这个街区呢。"

也许是窗外的风景令他有感而发,我们也是头一回听他这么说。这应该是他内心的真实想法吧。

最终,因为中途遇到交通堵塞,汽车花了两个小时才抵达墓地。吉田从车上慢慢地走下来,深吸了一口气,然后朝着妻子的墓地走了过去。由于腿脚没劲儿,他只能一步一挪地缓慢前行。从停车场到坟墓只有30米,但吉田好几次停了下来,坐在石阶上喘气。他就这样步履蹒跚地向妻子的坟墓走去。

快走到坟墓跟前时,突然,他一个趔趄扑倒在地。"您不要紧吧?"NPO的工作人员和我们一齐跑了过去。"没关系。"吉田用手势制止我们上前,然后自己颤颤巍巍地站了起来。接着,他一步一步地走到墓碑前面,静静地闭上了双眼。

他双手合十,一动不动地祭拜了好几分钟。终于,在线香的烟雾缭绕中,吉田实现了与妻子的"久别重逢"。

"我现在有地方居住,我会在那里好好待着的。你也好好安息吧。"

面向妻子长眠的墓地,吉田喃喃地说道。本以为两人能够相濡以沫共度余生,如今自己却变成了孤身一人。即便如此,他也不愿让妻子担心。吉田在坟前告诉妻子,尽管一个人寂寞难耐,自己也一定会坚强地活下去。

"我想和家人一起吃顿团圆饭"

当扫墓结束准备返回设施时,吉田又战战兢兢地提出了另一个请求:

"我家就在这附近。如果可能的话,能绕道带我去看一眼吗?"

自从搬入免费廉价住所以后,他还没去过以前的住处。其实,那里才是他真正的家,是他朝思暮想的地方。那里的一草一木是那么熟悉,他曾经以为那里将是自己的"终老之处"。他让我们把车停在他家附近,之后他要亲自一步步地走过去。就在这时,有个人从后面跟他打招呼:

"哟,这不是吉田先生吗?好久不见,您身体还好吗?"

那人是住在吉田家对面的老邻居。今天突然看见老熟人,所以他笑容满面地走了过来。

"嗯,还凑合吧。谢谢您。"

虽然嘴上这么回答,但吉田脸上仍掠过一丝不易察觉的尴尬。老邻居了解自己过去的幸福生活,所以,吉田可能不想让他知道自己眼下的处境吧。

当来到昔日住宅跟前时,吉田的脸色变得更加黯淡。昔日温馨的家园已荡然无存,那里已变身为一个临时停车场。在吉田搬进免费廉价住所之后,为了支付儿子的住院费和自己的医疗费,他家的住宅也被变卖了。

停车场的四周围着铁丝网。吉田一边用僵硬的手指使劲攥着铁丝网,一边凝视着眼前这块土地。自己和家人一起住了将近半个世纪的家园，就这样被无情地拆掉了。他曾坚信自己最后将在这里安静地告别人世，然而，现在这里已更换主人，自己甚至不能踏入半步。对吉田来讲，现在除了免费廉价住所以外，他已然无处可去。

在回去的车上，吉田好似了却了一桩心愿，神情显得格外放松。

"今天真是太高兴了。谢谢你们。"

他很有礼貌地向随行的设施工作人员表示谢意。已经很长时间没去给妻子扫墓了，现在这个心愿终于完成，他心里也踏实了一些。

不过，当吉田回到自己那间3叠的房间后，也许是因为有些疲劳吧，他的话比平常见少。他在床上半躺着，眼睛注视着某个地方。顺着其视线，我们看见了他老伴儿面带笑容的照片。可能这次扫墓又勾起了他对亡妻的思念之情吧。

"您在看什么呀？是您妻子的照片吗？"

我们轻声问道。随后，大颗大颗的泪珠顺着吉田的脸颊流了下来。

"如果她还活着，我就不会这么寂寞了。如果当初我再努力一些，一家人就不至于这样天各一方了吧……"

这是他发自心底的哀叹。认识他半年以来，我们首次听见了他"内心的悲鸣"。最后，吉田用尽全身力气从嗓子里挤出一句话：

"有机会……我还想跟家人一起……吃顿团圆饭呢。"

为了不给家人添麻烦，吉田一个人住在3叠大的房间里，并决心一个人默默忍受这种孤独和寂寞。今天，吉田第一次在我们面前流泪。他因无法割舍对家人的思念而潸然落泪。

为了家庭也为了社会，吉田50年如一日地拼命工作，但老后还得一个人孤苦伶仃地住在巴掌大的房间里，整天盯着天花板度日——我们实在难以接受这个现实。

"老人漂泊社会"——就算有家属，但为了不连累家属，有些老年人也不得不"四处漂泊"。这个现实犹如深不见底的黑洞，令人不寒而栗。

病情突然恶化

为妻子扫墓回来后，又过了十来天，可能因为自己最后的心愿已了却，心情一下子放松的缘故吧，吉田出现了一连数日昏睡不起的状况。一天，NPO的工作人员突然跟我们联系，说吉田因身体出现异常住进了医院。据说，他是因深夜在房间里剧烈呕吐，而被紧急送往医院的。

我们一下子变得不安起来。因为吉田曾说，他"要把这里作为自己最后的居所，不想再去别的地方漂泊"，我们知道他有这种想法。但是，如果住院时间过长，他就不得不把这个房间腾退出来。

而且，免费廉价住所既非医疗设施也不是照护设施，如果入住者不能过自立生活，就不能长期住下去。因为那里没有配备照顾患者起居生活的工作人员。就算他将来能够顺利出院,但如果身体状况及生活能力有问题,也必须从免廉搬走。然而,那种可提供专业护理服务的设施很难找到空床位。由此,在找到下一个去处之前,老人恐怕还得四处"漂泊"。

在采访吉田的过程中,我们也结识了一些其他的入住者。其中有一位80多岁的老先生,他以前曾是一家报纸配送点的负责人。这位老先生在出院后,首先入住了一家位于其他地区的免廉,但后来因为生病再次住院。出院后又搬入了另外一家免廉,一直过着这种居无定所的"漂泊"生活。

"在那一年当中,我先后在3个地方辗转。真是没办法啊。"

在吉田住院期间,我们非常担心他的病情,于是找到免廉的负责人,问道:

"最近吉田先生的身体状况如何?"

"好像是老毛病动脉瘤出现了恶化。医院已做了精密检查,据说病情已相当严重……"

如果住院时间延长、病情持续恶化,那么吉田就会被赶出这个好不容易找到的免廉,再次开启"漂泊生活"。每天,运营这个免廉的NPO,都会接到无数个打听"有无空房"的电话。

免费廉价住所已成为老人们最后的栖身之所。

从免廉搬走住进医院,出院后再入住免廉,然后再住院、出院和入住免廉……这些老人就像是永远找不到终点的漂泊者。吉田也会加入他们的行列吗？

吉田和夫的临终时刻

一天，我们又来到了那家免费廉价住所。我们计划对其他入住者及设施负责人进行采访。设施负责人告诉我们，吉田还在住院，但最近身体状况逐渐稳定。据说，当天他没有打点滴，自住院以来头一回吃了点东西。当我们正在交谈时，设施负责人的手机突然响了起来。看着屏幕上的来电显示，设施负责人显得很惊讶。

"抱歉，我先接个电话。是吉田先生所在的医院打来的。"

他说完后拿起了电话。"嗯，是我啊。"他回答对方说。之后，他的表情变得沉重起来，并对着电话那头说道：

"好的，我马上赶过去。"

医院说，吉田的病情突然加重，目前已处于病危状态。

"医院离这里不远。我马上赶过去，你们怎么办呢？"

我们毫不犹豫地告诉他，希望跟他一同前往。随后，我们骑上自行车，向医院飞驰而去。

到医院后，在护士的带领下，我们来到吉田所在的房间。吉田躺在病床上，正在接受心脏按压抢救。他紧闭双眼，嘴里插着输氧管。他的手在床边耷拉着，显然，他已经没有意识。眼前的光景令人心疼不已。

"请你们在外面等一会儿，可以吗？"

在护士的提醒下，我们一行人走出房间，来到了走廊里。医院方面说，他们需要与家属联系，以确认是否继续实施心脏按压抢救。

电话的那头估计是吉田的闺女（住得离吉田较远）。虽然他们的通话时间只有几分钟，但我们感觉好像等了好几个小时。就在这会儿工夫，死神正一步步逼近吉田，现场的气氛紧张得令我们喘不过气来。最终，病人家属决定不再实施心脏按压抢救，"希望让他安静地离去"。听到这个消息后，我的大脑瞬间陷入一片空白。在我们抵达医院约一个半小时之后，医院方面正式宣布了吉田去世的消息。

在为爱妻扫墓那天，吉田因为实现了自己的心愿而找回了久违的笑容。然而仅仅过了两个星期，他又追随爱妻而去，这实在令我们难以置信。不过，他最终实现了为爱妻扫墓的心愿，因此也应该没有遗憾吧。想起这些，我们内心也是五味杂陈，感慨不已。

"吉田去为爱妻扫墓。对他来讲，这是了却了一桩心愿。不过我想，可能是老伴儿见他一个人太孤单了，在召唤他吧：你过得太艰难了，还是到我这边来吧。"

设施负责人一边流泪一边说道。能为吉田送终，这令我们心中略感宽慰。斯人已去，我们唯有默默为其祈祷冥福。

老年人福利的悲惨现实

数日后，人们为吉田举行了葬礼。在征得其家属同意后,采访组对葬礼现场进行了拍摄。

一直未能与他住在一起的闺女和儿子,也都赶到了现场。

吉田的闺女自身患有癌症,另外还得照顾自己的婆婆,因此,她无法把父亲接来住在一起。现在,面对躺在棺材里的父亲,她在不停地倾诉着。

儿子之前患脑梗死,后来落下了半身不遂的毛病。这次他坐着轮椅从医院赶了过来。在父亲的遗像面前,他一时语塞并且耷拉着脑袋,难过得说不出话来。

当我们劝慰他节哀自重后,突然,他开始一个劲儿地自责起来:

"爸爸,对不起啊。是我不好,都是因为我不好。"

他一边说着,一边泪如泉涌。

"要是我不生病,能好好照顾您就好了。对不起……我对不起您啊。"

儿子手扶着棺材,想站起来仔细看看父亲的遗容。然而,如果没有人搀扶,他连站起来都很困难。终于,他晃晃悠悠地站了起来,把手搭在棺材上,又反复地向父亲表示歉意。

忽然,我想起了远在故乡的父母。自己与吉田的儿子又有什么两样呢?看见吉田的儿子泪如雨下,我也有种撕心裂肺的感觉。

不过,躺在棺材里的吉田先生倒是显得出奇的平静。在3叠大的蜗居里,吉田躺在床上,忍受了各种寂寞和百无聊赖。我在内心对他说:"现在,您终于不用再忍受这些

老人漂泊社会   117

痛苦了。"在寂静的夜晚，孤单的吉田因为满心忧虑而难以安眠，也许，他在那个世界就不会感到担忧了吧——他活着时要是也有这样的神情，那该多好啊！

吉田被安放在棺材里，身边围满了儿子、女儿及孙辈等家人——自从在免费廉价住所与吉田认识后，这种场景我们还是第一次见到。

葬礼结束后，过了几天，吉田的闺女来到了免费廉价住所。她是来为吉田收拾遗物的。

从半年前开始，我们就经常到吉田房间里来进行采访，但他闺女是头一次来这里。进屋后，她泪眼婆娑地说：

"我父亲就一直住在这个地方吗……"

随后，她发现了放在床头的那张小纸片。那上面写着吉田的孩子们的联系方式，吉田曾经多少次想拨打上面的电话，但他最终还是忍住了。

"这张纸条都被捏得皱巴巴的了……"

她喃喃地说道。小小的纸条上载满了吉田的孤独和寂寞。她把这张纸条小心翼翼地折叠起来，然后把它与母亲的照片及牌位一起用包袱皮包好，紧紧抱在胸前。接着，也许是为了与之前的悔恨及不舍做一了断，她再次环视了一下这个已失去主人的房间，然后头也不回地离开了这里。

房间里的遗物已整理完毕，我们在里面若有所失地待了一会儿。狭小的房间里只剩下一张床和一个电视机，其余物品都已被清理得干干净净。

在吉田去世 10 天之后，那个房间又迎来了新的主人。

新主人也是申领低保补助的老年人。没有家属可依靠的老年人，即便有低保补助，但如果无法独自生活，同样会变得无处可去——这些人现在正大批涌向免费廉价住所。

"看样子，前面的人刚一去世，后面马上就有人住进来呢。"我们与设施负责人闲聊起来。他回答说：

"想来这里入住，没有其他地方可去的老年人实在太多了。其实，我们也想把吉田先生的房间暂时空置一段时间，以示对他的怀念。但是很多老年人都在眼巴巴地等着，盼着早点住进来呢。"

免费廉价住所的负责人告诉我们，这就是眼下老年人福利的悲惨现实。

设施负责人来到房门前，修改了姓名牌上的名字。

瞬间，他擦掉"吉田和夫/XX 市福利课"的字样，然后重新写上了新住客的名字。

他的动作干脆利落，没有丝毫的拖泥带水。会否有一天，这上面写的是我们自己或者身边亲友的名字呢……想到这里，我不禁浑身哆嗦了一下。

等我们老了，养老设施是否将更难找到呢？

专栏
"无亲无故"的老人该靠谁？

有些老年人因为生病或受伤而无法在家中居住和生活。其中，很多人在住院之后，即使治疗结束也无处可去。医院方面对此也颇感棘手和无奈。

一般来讲，规模较大的医院都有医疗社工，他们会对患者给予援助，以便让患者顺利出院。不过，据说那些无依无靠的孤寡老人及靠低养老金（或低保补助）维持生活、经济条件较差的人逐渐增多，他们出院后"寻找容身之处"的难度正日益增大。

万般无奈之下，医院只好求助于各基层政府的福利课或负责各地区老年人居家医疗及照护工作的机构——地区综合援助中心。但是，基层政府及地区综合援助中心也并非轻易就能为他们找到接收设施。

倘若实在找不到，那他们就只能被送到遥远且陌生地方的民营老人之家或老人保健设施。不过，这也仅限于医院的医疗社工或基层政府热心为老人寻找接收设施的情形。

如果采用这种办法也找不到，基层政府就会把他们安排到免费廉价住所。其实，这种住宿设施原本是用于救助无家可归者的。由于需求不断扩大，这种免廉的数量正呈增长之势。目前，仅已获得正式批准的设施，在全国就有400个以上。如果加上那些尚未获得批准的设施，其数量将更为可观。

在整个采访过程中，我们走访了很多地方的免廉。在几乎所有的地方，老人们所住的都是3叠的房间（或者6叠的房间供两人使用）。

为独居老人提供服务的"纽带互助会"

我们采访了一个NPO，通过开展为独居老人寻找出院后接收机构等特色服务，其会员数量得到持续增长。它就是总部设在名古屋的NPO"纽带互助会"。

最近十年，其会员数量增加了10倍。目前，它拥有6000多名会员（2013年统计数据）。其主要业务是，针对那些孤寡老人或者虽有家属但指望不上的老人，帮助其解决独居生活中所碰到的现实问题。

比如在出院及转院时的"身份保证制度"。一般而言，这种时候需要家属签字等，如果患者没有家属，则由NPO代替患者家属来作身份保证人。而且，他们还帮助寻找出院后的接收机构，以及通过签订"生前契约"为老年人提供去世之后的"葬礼举行""骨灰安放""遗物整理"等服务。此外，根据合同内容，他们也可提供日常的扫墓及购物陪同等服务。总之，即老年人采用付费方式购买由机构提供的"代办服务"，而这些工作原本应由家属来承担。

老人漂泊社会

所收取费用根据合同内容不同而有所区别。通常来讲，老人在入会时需交纳托管金 180 万日元左右①（含骨灰安放和遗物整理等服务），然后每年交纳 2.3 万日元②的托管金管理费等。

"漂泊"之后重归家中的案例

"纽带互助会"埼玉县某分部的工作人员要去对一位老人实施照护服务。听说这个消息后，我们决定一同前往并进行采访。

我们要去的设施是位于埼玉县所泽市的一处租赁住宅。那是一个 2K 户型③住宅，里面住着一位 70 多岁的老先生。

开门进去后，我们看见床上躺着一位老爷子。他告诉我们，自己是肺癌晚期，癌细胞已扩散至全身，医生说"最多只能再活几个月"。老爷子患癌症住院后，在治疗结束需出院时，因为没有身份保证人，医院便请 NPO 协助提供服务。由此，老爷子与 NPO 签订了服务委托合同。

目前，针对这些"无法办理出院手续"的老年人，根据情况可由社会福利工作者、地区综合援助中心的工作人员或者这种 NPO 来实施援助。

其实，这正是制度的"空白"所在——亟需帮助的老年人的需求在迅速扩大，而相关制度却跟不上形势发展，由此产生了这种空白。援助老年人的所有主体都是半志愿者

---

① 约合人民币 9.91 万元。
② 约合人民币 1266 元。
③ 即两个卧室带一个厨房的户型。

性质，是否应该收费等政府也没有规定。可以说，这个"空白领域"在一定程度上还属于灰色地带。

毋庸置疑，最终为这种制度空白"埋单"的还是老年人自己。通过对这个 NPO 的随行采访，我们对此深有体会。

那位老爷子的老家在富山县，其父母均已去世，与兄弟姐妹们也几乎没有联系，所以他已经没有可依靠的亲人。据说，他年轻时在建筑公司工作，没有结婚，一直过着独身生活。因为腿脚不便不能出门后，他只能天天宅在家里。去他家访问的人也只有 NPO 的工作人员。对老爷子来讲，他能够依靠的、最亲近的人就是 NPO 的工作人员。

当 NPO 的工作人员来到房间后，老爷子好像略感安心，表情也变得舒缓起来。每天，每隔数小时就会有护理人员来实施上门照护。现在，老爷子已经卧床不起，自己连医院也去不了。为此，NPO 的工作人员就向他提供收费服务：带他去医院看病并对其日常生活给予全方位援助。当然，老爷子也与 NPO 签订了生前契约，委托他们在他去世后帮忙料理常规事务及为他举行葬礼等。

"现在我已经是孤家寡人……我只能依靠他们了。"

因为他患有肺漏气，所以说话都很困难。老爷子一边喘气，一边反复强调，他只有 NPO 的工作人员可以依靠。他分明是在说"我拜托你们了！"——这是他在生命最后时刻发出的"恳求"。

启米，当我们再次来到这所破旧的住宅时，恰好赶上有人在清理老爷子的房间。

在我们相识两个多月之后，老爷子在那个房间里悄然离世。还好，听说他走得很平静，这令我们略感宽慰。

在他死后，NPO"纽带互助会"的工作人员为他举行了葬礼。有人为自己送终和料理后事，老人在九泉之下也应感到欣慰吧。我们也双手合十，为老人祈祷冥福。

因找不到出院后的接收机构而被迫辗转"漂泊"，这样的老年人不在少数。也有人历经持续"漂泊"后，最终又回到自己家中——我们由此略感慰藉。但是，这种方式必须通过付费才能实现，这又让我们颇感悲哀。

上述案例告诉我们，其实辗转"漂泊"之后的最终去处也因人而异。

与 NPO 签约：生前委托身后事

现在，很多老人都在申领低保补助的同时，与 NPO 签订了生前契约。

这些人本身就是因为"没有可依靠的亲属"而不得不申领低保补助，所以，很多人需要这种服务也是情理之中的事情。然而，很多人并没有 200 万日元[①]的存款，由此，NPO 也对申领低保补助者给予了优待，允许他们分期付款。那些靠低保补助度日的老年人，只要每月交纳 3000 日元[②]固定费用，并通过省吃俭用完成分期付款，就可以让

---

① 约合人民币 11.06 万元。
② 约合人民币 165 元。

NPO帮助处理各种后事（比如遗物处理等）。当然，基层政府会为低保申领者支付丧葬费用，因此，与NPO的契约主要涉及丧葬之外的遗物处理、住房腾退等事宜。

我们有幸见到一位已与NPO签约的女士。她已经有60多岁，原本很有活力也很健谈，但是后来因患癌症而无法继续工作，只能靠低保补助度日。

"我没有结婚，一直过着独身生活。照此下去，说不准哪天死了也没人知道，所以我希望提前安排好自己的后事。"

这位女士说话干脆利落，言谈举止间透露出一种毅然——"将来即便自己死了也不能给别人添麻烦"。她告诉我们，之前因为没有找到帮自己料理后事之人，所以心里很不踏实。

据说，大家之所以踊跃申请这种NPO服务，一个重要原因也在于它是有偿的。如果是完全无偿的志愿者服务，则会让人担心出现不靠谱的情况。而且，也有很多老年人表示，自己也是有尊严的，"不愿意让别人免费为自己服务"。

面对超老龄社会高峰期的到来，我们必须对相关制度"空白"进行彻底填补，否则"老人漂泊社会"问题将会越来越严重。

第四章
不为人知的"认知症漂泊族"

——认知症患者如何沦为无家可归者?

森川大夫每周夜巡一次,为那些患认知症的无家可归者提供援助。

"漂泊"后又沦为无家可归者的老人

也许我们平常不太在意,但很多人都见过这种情景吧:有的老人在车站检票口或附近凳子上一坐就是好几个小时;有的老人经常拽着行李箱漫无目的、步履蹒跚地走来走去。再者,就算我们看见了也不会放在心上,而只是把他们当作老龄无家可归者,很自然地与其擦肩而过。

然而,如果说他们是"认知症患者",因为想不起回家(或回养老设施)的路而沦为拾荒乞讨者,则不能不引起我们的重视——因为说不定将来我们自己也会沦落至此。

有一家NPO经常在东京都内开展针对无家可归者的援助活动,其负责人是精神科大夫森川水明。第一次听他讲述这些事情的时候,我们简直不敢相信自己的耳朵。

"在援助无家可归者时,我们偶尔也会碰到患有认知症的老人。有时甚至有这种情况:本人自不必说,身边的人也不知道他是认知症患者。这样患者就得不到任何帮助，最后只能倒毙路旁。"

我们不能简单地把这种现象归结为"无家可归者的老龄化"。2012年，政府实施了针对无家可归者实际情况的调查。该调查显示，这些人的平均年龄为59.3岁，其中60岁以上者占54.6％，70岁以上者占12.5％。

患有认知症的无家可归者大致可分为两种情况：一种是"在街边拾荒的无家可归者随着年龄增大而患上认知症"；另一种则是"患有认知症的老年人因偶然原因走丢而流落街头"。我们通过对NPO援助活动的跟踪采访发现，二者在所携带物品及着装等方面有明显区别。

目前，患有认知症的老年人越来越多。最近十年，其数量增长了一倍左右，2012年已突破450万人。就65岁以上老人而言，每7人当中就有1人患有认知症，其增速远超之前的预测。在这种背景下，"患有认知症且没有亲属可依靠的老年人"也越来越多。

从统计情况来看，长年拾荒行乞的无家可归者因年岁增大而患上认知症的情况绝非少见。但是，患有认知症的老年人，因为意外原因某天突然变成无家可归者，则是另外一码事情。

因为，假如没有出现意外，这些老人本该正在接受护理保险服务或在精神病医院接受治疗。然而现在，没人知道他们是认知症患者，由此他们只能在街边游走流浪，也没人去过问他们。在大城市，这种现象正呈扩散之势。

照此下去，事态岂不是将变得难以收拾？我们决定对森川大夫他们 NPO 的活动进行跟踪采访，希望借此对认知症患者在街边漂泊流浪的残酷现实有一个深入了解。

本人及周围都难以察觉的认知症

森川大夫是 NPO "TENOHASI" 的负责人。该组织主要在东京池袋等地，开展针对无家可归者的援助活动，如不定期为他们提供免费餐食等。相关活动的内容及日程，可以在其主页上查到（http://tenohasi.org/）。

我们采访组很关注他们每周三晚上在池袋车站周边实施的夜巡活动。当听说很多老人在辗转"漂泊"之后沦为无家可归者时，我们还半信半疑。于是，我们决定对他们的夜巡活动进行跟踪采访。

周三晚上 10 点，大约 20 名 NPO 工作人员从四面八方聚集到池袋车站前面的公园。森川大夫结束在医院的坐诊后也赶了过来。参加者被分成几个小组，分头对车站周边进行巡视。我们决定与森川大夫所在的小组同行。

援助活动的内容，主要是把由志愿者提供的饭团分发给那些无家可归者，同时询问其健康状况并为其解答问题。森川大夫所负责的区域是车站附近，那里经常出现包括认知症患者在内的老龄无家可归者。

虽然已接近深夜，但下班回家的工薪族和微醺的年轻人川流不息，池袋车站依然热闹非凡。这时，在人群来回穿梭的站内通道上，我们看见一位老太太靠着柱子坐在那里。老太太身旁放着一只黑色小旅行箱及纸袋,另外,她好像在自言自语地说着什么。森川大夫在上次夜巡中也碰到过这位老太太,于是,他马上走过去与她搭话:

"您好,好久不见!"

"是你呀,好久不见!最近有很多人来偷我的行李,可烦人了。那个家伙老是盯着我的行李。这个世道好可怕啊。"

"嗯,的确很可怕呢。"

"你也小心点儿吧!现在有些坏人专门冒充车站工作人员或警察搞诈骗呢。"

"您身体怎么样了?"

"前段时间咳嗽得厉害,现在已经好点儿了。"

"那太好了。天气冷了,您要注意保暖哦。"

跟她聊了十来分钟后,森川大夫闪身离开了那里。然后,他低声告诉我们说:

"这老太太患的是综合失调症①。因此,她不能真正理解身边的现实,而只是活在自己的精神世界里……"

尽管她身上的衣服有些脏了,但如果不仔细看,不会觉得她是个无家可归者。乍一看,就像是一位70多岁的老人走累了,坐在那里休息。假如森川大夫不告诉我们,我们大概不会想到她患有精神方面的疾病。

据称,综合失调症是因为脑内荷尔蒙失衡而引起的症状,患者会出现"幻觉"及"谵妄",有时还无法区分虚幻

---

① 日本旧称"精神分裂症"。患者多有妄想或幻觉,存在感知觉、思维、情感和行为等多方面的障碍以及精神活动不协调等症状。

世界和现实生活中的事情。一般来讲，患者在接受投药治疗后，"幻觉"和"谵妄"会有所好转。不过，据说因为患者本人并不知道自己得病了，所以很少有人主动去医院看病。

森川大夫告诉我们，在巡视活动所碰到的无家可归者当中，有一成左右患有综合失调症。

当天，森川大夫一共与10名无家可归者进行了交谈，并通过对话对他们实施了诊断。通过与森川大夫一同巡视，我们也了解到，虽然这些人被统称为"无家可归者"，但实际上，他们患有各种各样的精神性疾病，如自闭症、综合失调症、认知症等。

最终，在随行采访的第一天，尽管我们对长达两个小时的巡视活动进行了全程跟踪采访，但并没有碰到患有认知症的老人。在回去的路上，森川大夫告诉我们，认知症其实是一种很难辨别的疾病。

"有时候，即便是大夫也不能马上辨别出病人是否患有认知症。我们在路边曾遇到一位女性，我也是花了超过半年时间才发现她患有认知症的。因此，对患认知症的无家可归者进行援助并非易事。"

患者本人不知道自己有病，身边的人也察觉不出来，这就是认知症老年患者所面临的困境。我们很难掌握其实际情况，但如果放任不管，则可能危及他们的生命——也许有一天我们会发现，这样的老人在大街上比比皆是。然而，现在我们仍未能正视这个事实。

午夜 1 点，快餐店里的老人

到了 12 月份，即我们的采访接近尾声之时，无情的严寒向那些露宿街头的无家可归者袭去。这时，为了寻求些许温暖，他们一般会钻进车站里。但是，凌晨 1 点多，当末班车发车后，池袋车站会关闭入口处的卷帘门。这时，待在车站里的人们就会被一齐轰走。那天夜里，在采访时，我们即便穿着厚外套跑来跑去也觉得寒气逼人。

"在这种严寒天气里，他们无法露宿街头。因此，很多人会整宿不停地走来走去。"

听了森川大夫的介绍，夜巡活动结束，NPO 工作人员撤退后，我们继续在车站周边巡视了一番。

午夜 1 点，当车站的卷帘门快要关闭时，不断有貌似无家可归者的人从车站里走出来。我们数了一下，仅从我们所观察的那个出口就一下子涌出了三十来人。他们大多是老年人，其中有 6 位女性。很多人随身只拎着一个书包，乍一看像是要去附近购物似的。深更半夜，他们为何独自在这里踱步徘徊呢？这种景象看起来有些怪怪的。

有人坐在站前广场的长凳上，有人斜靠在车站的柱子上……实在冻得不行了，他们便起身缓步前行，慢慢消失在霓虹灯闪烁的池袋街头。

一位 80 多岁模样的老太太，经过一番犹豫后也起身往前走。老人要去哪儿呢？她不会被冻死吧？我们不免有些担心，于是不自觉地跟在她身后。老太太猫着腰，推着行李箱缓慢前行。一位老人走在深夜的街头，尽管这种光景看起来令人觉得异样，但来来往往的人群却对此视而不见。

从车站步行两分钟，有一个 24 小时营业的快餐店。那位老太太走进快餐店，然后什么也没买，径直穿过收银台来到地下一层。一群错过末班车的学生正在那里嬉笑打闹。再往里走，里面还坐着好几位老太太。这些老人为什么不回家呢？是无家可归吗？还是忘记了自己的家在哪里？同样，这里也没有人注意到她们的存在。

这些老人在经历"漂泊"后，又沦落为无家可归者。没人在意他们的存在，也没人来寻找他们。于是，他们只能在那里一直待下去，靠 NPO 发放的饭团续命度日。

一个独居且患有认知症的老人，如果哪天出去散步时忘记了回家的路，那将会怎么样呢？"一定会有人来找我吧"——如今，这种幻想也许已经行不通了。

"今天是星期几，您知道吗？"

转眼到了圣诞节。这时，我们的夜巡跟踪采访已实施了 I 来次。池袋的街道流光溢彩，而那些老年无家可归者依然在冒着严寒艰难度日。

在一次夜巡当中，森川大夫的手机突然响起。接通电话后，森川的表情一下子变得紧张起来：

"好的，明白了。我马上赶过去。"

原来，工作人员紧急来电说："车站里蜷坐着一位老太太。她好像受伤了，希望您马上去看看。"深夜，森川大夫穿过大街小巷，向车站方向跑去，我们紧随其后。一行人来到宽敞的池袋车站，穿过拥挤的人群，径直冲向事发现场。事情刻不容缓，为了能第一时间赶往现场，我们也拼尽全力在后面追赶。

10分钟后，当我们抵达现场时，看见一位老太太正蹲坐在地上。老人看起来有六七十岁的样子。她用一只手捂着自己的肩部，表情显得很痛苦。

随后，森川大夫开始问诊：

"我是大夫，您哪里不舒服吗？"

"这里好疼……"

老太太左肩疼痛，因此她用右手捂着那里。当森川大夫用手轻触其肩部时，老太太立刻皱紧了眉头。

"看样子是脱臼了。什么时候开始疼的？"

"……"

老太太好像并不知道自己是何时受的伤。她也许是不记得了吧。森川大夫马上警觉起来：她可能患有认知症或精神方面的疾病。

"咱们一起去医院吧。"

"没关系，我再看看情况吧。没什么大事儿。"

森川大夫劝了她好几次，但老太太始终表示拒绝。其实，这种表现也是认知症的常见症状。为了确定病因，森川大夫继续与她聊了几句。

"您家住在什么地方？"

"我有自己的房子，不用担心。"

她一个劲儿地说自己有家，却说不出具体住址。老太太身上的衣服也有些脏了，估计已经好几天没有换洗了吧。

森川大夫更加怀疑她患有认知症。于是，他反复询问了其年龄及与日期相关的问题。

"您今年多大岁数了？"

"……"

"今天是星期几，您知道吗？"

"……"

只要是涉及时间变化的问题，老太太便回答不上来。询问了半小时之后，森川大夫更加相信自己的判断：她不只是肩部脱臼，而且可能患有认知症。但老太太拒绝去医院，森川大夫只好给了她一些膏药，并告诉她"自己还会再来"，然后就离开了。

老年人因患有认知症而沦为无家可归者，这种案例我们还是头一次碰到。

"她好像很疼的样子，多半是肩部脱臼了。之前，我在池袋车站里见过她好几回，但这是第一次跟她说这么多话。也许她的肩部确实疼得厉害，所以才跟我聊了这么多吧。何时受的伤，自己多大年龄，这些事情她都搞不清楚，因此我觉得她多半患有认知症。"

后来，我们一直惦记着那位老太太。于是，除了在周三陪同森川大夫巡视之外，我们自己也去池袋车站进行了夜巡。为了让她暖和一些，我们递给她一杯热茶，然后在她身旁坐了下来。"今天可真冷啊。"我们跟她拉起了

老人漂泊社会　137

家常。

随着接触次数的增多,她逐渐向我们敞开了心扉。然而,当我们问起她的姓名及家人等问题时,她依然回答不上来。不知道她是不想回答呢,还是因为不记得而答不上来。不过,她的大脑中可能还残留着一些记忆片断,她跟我们讲述了她年轻时的工作等等。她说自己还很年轻,还在上班工作。

"我以前干过好多种工作哩。现在我也在找工作,但是很难找到。我还得等好几年才能领到养老金呢,所以还得努力……"

老太太看起来已有六十好几甚至七十来岁(当然仅从外表无法作出准确判断),然而她却说自己"还得等好几年才能领到养老金"。这些情况也表明,她很可能患有认知症。

"我就住在这附近,你们不用担心。"

好几次我们想对她施与援助,但都被她拒绝了。那个冬天,她一直处于无家可归流落街头的状态。

采访结束之后,又过了一段时间。一天,在路过涩谷站前时,我忽然看见一位模样古怪的老太太在人群对面行走。她是否也因患认知症而找不到回家的路呢?

——现在,像这种因深陷困境而难以获救的老人正越来越多。

我想,我们的社会应该把他们从痛苦和无助中拯救出来。我们必须打造一个这样的社会。

老年认知症患者中山一夫

"我们救助了一位60多岁的男子,他可能患有严重的认知症。今晚我们将对他进行诊断,你们过来看看吗?"

接到森川大夫的联系后,我们便前往该认知症患者所在的救助设施。走进房间,我们看见一位满头白发的老先生带着怯生生的表情,正猫着腰坐在那里。他瞟了森川大夫和我们一眼,脸上的表情并无变化。

据森川大夫说,他们是在3天前发现他的。当时,大伙儿认为,他的认知症已经很严重,继续流浪街头可能会有危险,于是对他进行了救助。

"您好,我是森川。还记得我吗?"

"咱们好像见过面,不过我已经不记得了……"

自从被救助之后,他们已见过多次,但他好像一点儿都不记得。

"您知道这是什么地方吗?"

"这是什么地方来着?我忘记了。"

该男士随身带着驾照,我们得以获悉其姓名。他叫中山一夫(化名,60岁)。他虽然能回答出自己的姓名和出生日期等,但是不记得最近所发生的事情。森川大夫对他的认知症程度进行了诊断。

"下面我说三个词语,请您重复一下。樱花、猫、电车。"

"樱花、猫、电车。"

"很好。一会儿我还会再问一遍,请把它们记在脑子里。"

"那个……让我想一下。樱花、猫——还有一个是啥来着?"

经诊断发现,中山的认知症已相当严重。他到底是何时患上认知症的呢?森川大夫又询问了他以前的生活情况。

"您以前住在哪里呀?"

"住在池袋的一栋居民楼里……"

"在那之后呢?"

"后来染上了结核病,住进了清濑的一家医院。"

"之后又去哪里了?"

"出院之后,医院住不成了,好像住进了池袋的一个宿舍楼。不过,住了多久我不记得了。"

"从那个宿舍楼搬出来之后呢?"

"就到这里来了。"

"您对露宿街头的生活还记得吗?"

"大概有两三天吧。"

"您没有长期露宿街头吗?"

"那绝对没有。"

中山到底是何时患上认知症的?是什么原因导致他走出家门,开始"漂泊生活"的?之后,露宿街头的他又是怎样被人发现的呢?我们通过调查及走访相关单位,对中山那段"已从记忆中消失的人生"进行了考证和还原。

"中山人生"的真相调查

仅凭借认知症患者本人的点滴回忆，要找回其以前的人生轨迹是极其困难的。我们也感到，在那些与家人及附近邻居没有任何联系的孤寡老人患上认知症之后，要寻找其过去的线索是如此之难。反之，这也表明，这些人在陷入露宿街头的困境之后，将很难得到相关援助。

帮助我们还原中山人生轨迹的一条重要线索，是由森川大夫问出的"他曾经申领过低保补助"这件事情。原来，中山曾3次申领低保补助并入住简易住宿设施。

中山说他以前在池袋附近的宿舍楼住过。于是，我们以此为线索，对池袋周边接收低保申领者的免费廉价住所进行了地毯式搜索。

然而，所有的住宿设施都以个人信息保护为由，不肯告诉我们中山是否在他们那里住过。采访也由此陷入了困境。

最终，都内的一个NPO为我们打开了突破口。他们说，中山曾在他们所运营的住宿设施住过一段时间。那家NPO之所以这么做，是因为他们抱有期待，希望真能由此搞清中山的一些来历，或许就可以找到其家人或亲友。

随着调查的深入，中山的人生轨迹逐渐清晰起来。

他入住那个NPO免费廉价住所是在2009年7月。可是，7个月之后，他主动办理了退房手续，搬到其他设施去了。在这个时候，他是否已有认知症的征兆了呢？

"当时,你们知道中山先生患有认知症吗?"

"因为个人登记册上没有相关病名的记载,所以我们不知道他当时是否患有认知症。"

令人意外的是,当我们向那家 NPO 求证时,他们回答说并不掌握当时的情况。

据那家 NPO 的负责人说,那时,中山因为经济拮据,生活难以为继,于是通过基层政府申请了低保。然后他住进了这个设施(免费廉价住所)。之后又搬到了上野的一个设施。我们也走访了那个设施,了解到中山在那里也只住了 1 个月,就主动办理退房手续并搬离那里。他为何要在这么短的时间内,在好几个设施之间辗转"漂泊"呢?

在开始"漂泊生活"之前,他住在池袋的一座居民楼里。我们也去那里进行了走访。那是一个 2 层结构的居民楼,楼里一共有 8 个房间。入住者主要是包括学生在内的年轻人,入住人员更替频繁,邻里之间几乎没有交往。因此,在那附近我们没能找到了解中山情况的人,一个也没有找到。

不过,通过低保补助领取记录以及对当时福利工作者的采访,我们大致掌握了中山年轻时的生活情况。

中山出生于茨城县,幼年时迁入东京都内。初中毕业后,为了挣钱养家,他开始从事涂装工作。他有两个姐姐,但姐姐们出嫁之后几乎与他没有往来;在父母去世后,他便没有可联系的家人和亲属了。从事涂装工作必须在各个地方来回奔波,所以他与左邻右舍也没有往来。中山一个人孤独地生活在这个城市,某天,他突然从居民楼里消失不见了，又有谁会在意呢？

中山是何时患上认知症的？另外，他是何时变成无依无靠、举目无亲这种状况的？搞清楚这些问题，或将有助于我们推断出他何时患上认知症又是何时陷入露宿街头的处境。

由记忆混乱引发的"漂泊"

在采访期间，我脑子里突然产生了一个疑问：在免费廉价住所还没住两天就提出要搬走，这位老先生到底想去哪儿呢？他不会是希望"回到自己以前的住处（已住习惯的街区）"吧？

后来我们所发现的事实证实了这个猜想。

在申请低保及搬出池袋的居民楼、入住住宿设施之后，中山不幸染上了结核病。当时他正在都内医院住院并接受治疗，本来出院后他应该回到住宿设施，但中山却做出了一个令人意外的举动——他不等住宿设施的工作人员来接他，便自行走回了以前所居住的居民楼。

他已经离开那个居民楼一年多了，为什么还要回去呢？我们就当时的情况询问了中山本人。

他正要打开房门时，发现房门被上了锁，怎么拽也拽不开。他敲了敲门，里面走出来一名年轻男子。据说，当时中山非常吃惊，他不明白自己的房子里为什么住着陌生人。

"我回去后，发现家里住着一个陌生人，当即把我吓坏了。不知道为什么,在我住院期间,别人住了进去……"

从中山的回答来看,他对自己为何不能回到家中,至今好似仍不太明白。也就是说,他对自己搬出居民楼这件事情没有记忆,之后的记忆也模糊不清。因此,也许在申领低保并搬出居民楼时,他已经有了记忆模糊不清这种症状。

随着采访的深入,我们又发现了另一个跟中山有关的免费廉价住所。到被森川大夫救助的一个月之前为止,他还一直住在那里。那是位于池袋近郊的一家免廉。

那家免廉位于城区,主要用于对无家可归者进行紧急救助,因此,设施条件根本不能与自家住宅划等号。在工作人员的带领下,我们进入了里面的房间。房间里双层床铺摆放得整齐有序;床与床之间有布帘隔断;每个床头有一张小桌子,旁边还放着一个小柜子。

"这里就是中山曾住过的地方。"

工作人员指着中山使用过的床,对我们说道。

中山已不记得自己曾在这张床上躺过——我第一次感到,丧失记忆也不都是坏事。池袋的居民楼成了他最后的记忆,也许那里是他作为正常人生活的最后一站。想到这里,我心中不禁充满了伤感。

无人察觉中山的认知症

前面提到,中山被发现露宿街头之前曾在一个住宿设施住过,但他在那里也只住了两周时间。据说,有一天,他突然提出要搬走，然后就离开了。我们确信，那时他已患有重度认知症。我们不经意地问了一下那所设施的工作人员，他们回答说，当时并没察觉他有认知症的征兆。

"我们不知道他有认知症呢。因为，我们不可能与每位入住者都进行仔细的交谈。"

另外，据那位工作人员反映，在中山搬走之后，他曾经碰到过中山。

"其实，中山从这里搬走后，有一次，在区公所前面，我偶然碰到过他。当时，我问他'现在住在哪里'，他只说了声'嗯'，并没有回答具体内容。我不便仔细追问，于是就与他道别了。我想起来了，他还来过一次这个住宿设施呢。当时我问他'有事吗'，他回答说'我走错路了'，然后就离开了。"

估计中山搬走之后，去了原来所住的池袋的居民楼，但是发现那里仍然住着别人。于是，他无处可去，便在区公所及车站附近流浪了几日吧。若事先知道他患有认知症，相关机构或许可以采取其他应对措施。我们推测，由于那些住宿设施全都没有发觉中山的认知症，没能阻止他搬出住所，所以最后使得他不得不流落街头。

另一方面，每次中山从住宿设施搬出，因失去住所而获得救助时，都去申请了低保补助。当地基层政府曾前后三次受理了其申请。他们就算发现不了他患有认知症，难道没察觉他的行为有什么异常吗？

带着这个疑问，我们向当地基层政府提出了采访申请。

基层政府在受理低保补助申请时,会就申请理由、家庭成员、工作履历等,与申领者进行仔细确认。在申请获批后,专门的福利专员还会对每位申领者进行跟踪管理。福利专员会实施入户访问,确认申领者"是否在积极寻找工作以实现自立"或者"健康状况如何"等。

然而,在现实生活中,这些基层政府的管理和照顾仍有诸多不足之处。

近年来,低保申领人数逐年增多,目前已超过215万人。1名福利专员需要管理100多名低保申领者。政府要求他们每年对每位申领者要访问两次以上,但这个目标很难实现。

在中山这个案例中,福利专员好似并没对其给予相应的照顾,比如考虑如何对其今后的生活进行援助等。他们也没发觉他患有认知症。

一位基层政府负责人表示,普通工作人员由于不具备相关专业知识,因此很难察觉申领者是否患有认知症。

"我们并非专业大夫。除非患者的言行有明显异常,否则我们不可能判断他是否患有认知症。"

我们反复追问:中山多次从住宿设施出走并露宿街头,为什么你们没把他看住,让他跑了出来呢?

"要寻找从住宿设施出走的人非常困难。如果不能详细说明出走者当日的着装等情况,警察也不会帮忙寻找。更何况,像这种由当事人自行决定搬走的,其后果应该由本人承担。"

中山想回自己原来的家,所以搬出了住宿设施。在他们看来，这属于不守规矩的擅自出走。实际上，在低保停发对象中，有两成的停发原因是"本人失踪"，因此，也许中山的行为在他们眼里也是很常见的案例吧。有些人因为忍受不了住宿设施的规定和束缚而出走失踪，这种情况也确实存在。

再者，基层政府可能也存在这种心理吧："申领者失踪"后低保补助将停发，补助的发放总额就会减少，对于正处于财政困境的基层政府来讲，这并非坏事。因此，他们一般不会主动去寻找失踪者并向他们发放补助。

在这种情况下，社区、住宿设施甚至基层政府都没有察觉中山患上了认知症，中山由此被迫在街头和住宿设施之间辗转"漂泊"。

据我们调查，仅在最近3年，他至少去过4家住宿设施和1所医院，另外还有3次露宿街头的经历。

被森川大夫救助后，中山终于有机会在森川大夫所就职的精神病医院接受治疗。

在中山入院治疗两周后，我们去医院探望他。我们来到病房，跟他打了个招呼，不过他好像并不记得我们。当我们把这个情况告知森川大夫后，森川大夫说，他自己每天甚至每次见到中山，都得先作自我介绍。

我们再次询问了中山几个问题。

"您知道自己为什么来这所医院吗？"

"可能是因为结核病吧？我也不清楚。"

"您最近有没有觉得容易忘事儿呢？"

老人漂泊社会

"没有啊,还跟以前差不多吧。"

"出院后您想去哪儿呀?"

"你是问我要去哪儿吗……我已经没有地方可去了呢……"

中山望着远处,寂寞地嘟哝道。也许他知道自己的房子已被别人占用,或者出于别的原因,这次他总算答对了自己所处的现状——"无处可去"。

紧接着,中山突然问正在操作摄像机的摄像师:

"对不起,请问池袋在哪个方向?"

"您是说池袋吗?"

"我完全搞不清楚呢……"

他一边望着窗外,一边寻找池袋所在的方向。也许现在他仍惦记着回到"池袋那栋居民楼"吧——那里是他唯一有记忆的地方。

见此情景,我们也只能默默祈祷:希望他不要再度出走,一定要好好待在这里。

老年认知症患者的"避风港"

前文已有所介绍,森川大夫是练马区一家精神病医院的大夫。该医院收治了很多像中山那样因露宿街头而被救助的老年患者。除此之外,因为独居无人陪伴造成症状恶化并住院的老年认知症患者的数量也在迅速增加。

2011年,该医院设立了一个"认知症专科病房",目前,有50名认知症患者在该病房住院(2013年数据)。眼下，医疗界对于认知症还没有很有效的治疗方法，医院主要针对与认知症相关的行动障碍等周边症状，通过投药等手段令其得到缓解，以尽可能地抑制病情恶化。据称，即便是症状较为严重、需立刻住院的患者，在经过 3 个月到半年的服药治疗后，病情也能基本稳定下来。

然而，在该医院，患者的平均住院时间为 1 年左右，长者在 3 年以上。

既然症状已经缓解，为什么还要在医院住这么长时间呢？主要原因是"在家中无法得到家属的照护"及"认知症患者接收设施不足"等现实情况，很多认知症患者"无处可去，无法出院"。

其他疾病的患者尚且很难找到出院后的去处，认知症患者则是有过之而无不及。实际上，在综合性医院，患者的住院时间正在逐渐缩短，但是，在以治疗认知症为主的精神病医院，患者长期住院的问题仍未得到解决，甚至变得越来越严重。

据统计，2008 年，因患认知症而入住精神病医院的患者总数约为 5.2 万人，平均住院时间长达 2 年零 7 个月（2010 年数据）。其实，如果患者家属或者相关机构能提供照护，60% 的住院患者是可以出院的。很多人因而对这种现象提出了批评，称其为"社会性住院"[①]。

造成这种现象的原因是什么呢？一般而言，认知症患者的家属年龄也较大，对他们来讲，在家中照顾病人的负

---

① 指患者本身已经不需要住院，但因家庭及社会性条件限制而不得不住院的情形。

担实在过于沉重。另外，如果是孤寡老人患有认知症，他们很难在家过独居生活。可否考虑去照护设施呢？特别养护老人之家严格按照需要护理程度标准，优先接收需要护理程度高的人，而很多老年认知症患者身体还很硬朗，需要护理程度并不高，因此入住难度较大。还有，很多老人保健设施也会以没有能够应对发出怪声及游走徘徊等症状的工作人员为由，拒绝接收有认知症病史的老年人（即便其症状已稳定下来）。

在这种情况下，无处可去的认知症患者就只能长期住在精神病医院。

我们曾与一些症状较轻的老年患者交谈过。他们都很无奈地表示，自己即使出院也没地方可去。

"我很想回到自己家中。可是，我不能再给儿子添麻烦了。"（一位70多岁的女士）

"我姐姐去世了，我现在已没人可依靠了。我打算一直在医院里待下去。"（一位80多岁的老太太）

"家里人也不来医院看我，我对回家已不抱幻想了。"（一位60多岁的男士）

一天，我们正在医院进行采访。傍晚时分，我们看见一位70多岁的男性患者朝病房门口走去。一年前，他的家人向医院恳求说，"我们在家里已无法对他实施照护"，并让他住进了医院。来到门口后，那位男士攥着门把手，在那里站立良久。

医院的工作人员悄悄地告诉我们：

"每天只要一到傍晚时分，他就会伫立在那里。大概是盼着家人来接他吧……"

这些无处可去的老年认知症患者，其晚景是何等凄凉！

在池袋被救助的上木弘子

在过去两年，森川大夫共计在街头救助了 30 名老人。森川大夫尤其关注其中的一位老太太，并让我们采访了她。她就是一年前在池袋站被救助的上木弘子（化名，78 岁）。

上木身高仅 1.5 米左右，但是腰杆挺得笔直，外表比实际年龄更显年轻。她患有重度认知症，5 分钟前刚发生的事情她也不记得。但是，她善于掩饰且很会搭茬，初次见面的人不会察觉到她有认知症。

可是，当谈及自己的年龄及家人时，尽管她说起来有模有样，但所说内容与实际有很大出入。由此，我们便知道她患有严重的认知症。

这天，森川大夫恰好来病房巡视。

"您好！您现在身体怎么样了？"

"我现在哪儿都没毛病了，请让我早点出院吧。我这次是用公司体检的名义在住院嘛。"

"您在这里住几天了？"

"今天是第二天，不过我已经感到厌烦了。"（实际已住了一年。)

"您今年多大岁数来着?"

"我已经是老太太了。今年 54 岁,明年就该退休了。"

"您从事什么工作?"

"我在外企工作。外企规定 55 岁退休嘛。"

明明已住院一年,但她认为自己刚住两天,由此可见其记忆之混乱。在年龄方面,有 20 年她完全没有记忆——尽管早已辞去工作,但她仍以为自己还在上班呢。

接着,森川大夫又询问了她家里的情况。

"您家里都有什么人?"

"丈夫和儿子。丈夫也在外企工作,他经常去国外出差;儿子现在还没结婚,简直愁死我了……能帮忙介绍个对象吗?"

上木女士是否真有丈夫和儿子?医院并没有掌握这个情况。可是,听她说话的口气,她好像仍和家人住在一起似的。她与其他住院患者能马上成为朋友,用餐时也总是一副很开心的样子。我们由此推测,在患病之前,她一定是一个性格开朗、积极上进之人。

那么,她为什么一个人孤独地在池袋车站露宿流浪,而后又被救助了呢?我们对上木女士的人生轨迹进行了探访,并由此目睹了老年认知症患者难以摆脱的困难处境。

"我有家,你们不用担心"

在 2011 年夏季夜巡时,森川大夫发现上木女士处于危险状态之中。那段时期,他多次看见上木呆坐在车站里。由于她经常很热情地和周围人聊天,刚开始森川并没有注意到她是一个露宿街头者。不过,因为后来在深夜里频繁碰到她,所以森川感到有些蹊跷。

"您需要帮忙吗?"

每次森川问她时,她总是千篇一律地回答:

"我有家,你们不用担心。"

可是,等末班车都开走了,她也没有起身回家的意思。森川觉得可疑,便仔细观察她接下来的行动。只见她走进了车站附近的24小时营业快餐店。看到这一幕,森川才首次意识到上木是一个无家可归者。

之后,每次见面,森川都主动跟她打招呼,一直在寻找对她实施救助的时机。

街头第一次遇见后过了将近半年,到了那年冬天,森川终于等来了一个机会。那天,像往常一样,森川在巡视时又看见了上木。这次,上木看起来很痛苦,往常轻松愉快的表情也不见了。

"您不要紧吧?"

"我的腰疼得厉害⋯⋯"

"您今晚回家有困难吧?要不来我们的住所吧?"

"是吗,那就麻烦你们了。"

在对上木实施救助后,他们发现她有各种各样的异常行为。比如根本记不住回住所的路,去购物时刚刚买完的食品也记不住。后经过诊断发现,她患有重度认知症,对几分钟前刚发生的事情都没有记忆。

老人漂泊社会

一直以来，上木本人自不必说，周围也无人察觉她的病情。她就这样一边幻想着"明天就回家"，一边过着露宿街头的生活。

大木材商家的千金小姐

上木露宿街头将近半年却无人发觉，这是为什么呢？

上木的家位于池袋附近的一条街上，我们去那里进行了走访。别看上木记不住几分钟前的事儿，但她的脑海里还保留着过去的记忆。她说，她父母曾在那条街上经营着一家大型木材商店，一家人住在一所大宅子里。

她也不知道详细地址，于是我们便对这条街上的木材商店进行了探访。然而，由于大搞城市开发，这个街区已改变模样，昔日的好几家木材商店踪影全无了。不过，经过一番深入打听，我们从好几个人那里得到证实：十几年前，这里的确有一家大型木材商店。

我们来到商店旧址，附近的老人告诉我们，他们还清楚记得木材商店家的女儿（即上木女士）。

"您说的是上木家的闺女吧？我们跟她很熟。她家的宅子可气派了，在这一带都很少见。"

其中一位女士自称与上木是同学呢。

"小时候我们去过她家。她家里有一台很大的三角钢琴。当时钢琴还很少见，因此大家羡慕得不得了。她还让我们弹了两下呢。在我们眼里，她俨然是富贵人家的千金小姐。"

大木材商家的千金小姐——我们实在无法将这个华丽的称呼与上木露宿池袋街头的现实联系起来。

经过进一步的采访，我们打听到了很多细节。上木从私立初中和高中毕业后，便在家与父母一起经营木材商店。可是，由于受到进口木材的冲击，木材行业开始走下坡路，商店的经营情况也变得严峻起来。没过多久，她的父母去世，她便继承了家业。然而，她也没能使商店起死回生，工匠们一个接一个地辞职走人。最后，商店被迫关门歇业。据说，当时家里的水电和煤气都被掐断了，就上木一个人住在里面，周围邻居都很担心她的处境。最终，她家的宅基地被查封，房子也被强行收走。上木由此变得身无一文。

"我准备去投靠朋友。大家不用担心，这没什么大不了的。"

10年前，上木跟邻居们告别后，离开了这个自己出生和长大的地方。在那之后，上木的生活情况如何呢？很遗憾，我们没能找到相关证人。

有家属也难逃"漂泊"命运

据医院方面调查，上木有一位80岁的哥哥，目前住在京都。因为家里的特殊原因，上木和哥哥从小就没住在一起。不过，据说在很长一段时期，他们相互之间还有电话联系。哥哥的儿子接受了我们的电话采访。

"您认识上木弘子吗？"

"当然认识。以前她还经常来我们家玩呢。"

"10年前,她家的木材商店倒闭了,她离家去了别处。在那之后的事情您知道吗?"

"不知道。大概在10年前吧,我们跟她联系过。当时,她说自己有存款,让我们不用担心。后来,我们又跟她联系了一次,但没打通她的手机。之后就再没联系了。"

"目前,上木住在东京都内的一家精神病医院里。她患有认知症。如果她出院了,能让她跟你们住在一起吗?"

"很抱歉,她的哥哥也就是我父亲现在有心脏病,需要人照护。因此,让我们收留她并不现实。"

据说,医院也就这件事征求过他的意见。他同样回绝了医院的请求。

在与家人及邻居失去联系后,上木去过哪些地方呢?很遗憾,最终我们也没能为她找回那10年的记忆空白。

认知症孤寡老人援助机制的缺失

那些患认知症的老年人,自身已沦为露宿街头者却浑然不知,长期处于与危险相伴的"漂泊"状态。即使有幸获得精神病医院的救助,但在出院时又不得不面对各种风险。因为,就算找不到下一个接收设施,他们也不能一直住在医院里。

2012年,日本政府出台了一个有关今后如何应对认知症的方向性文件。该文件指出,今后,对于住在精神病医院的认知症患者,需将其中50%患者的住院时间"缩短至两个月"。为了实现这个目标,政府规定,如果患者住院超出两个月,那么医疗机构的诊疗报酬将被大幅下调。政府希望以此来解决长期住院的问题。

森川大夫所在的医院,也在就今后如何处理长期住院患者反复进行讨论。上木的住院时间已超过一年,因此她也是被讨论的对象之一。

一天晚上,我们也列席了关于是否应该让上木出院的讨论会。会议参加者有精神病大夫森川、认知症专科病房的大夫及看护师、医院的医疗社工及基层政府的福利专员等。

会议开始后,主治医生强调说,上木已经可以出院了。

"作为医院来讲,该治疗的都已经治疗了。她随时可以出院,但问题是现在没地方愿意接收她。"

平时在病房里照护她的看护师,就接收机构提出了一个建议。

"让她去认知症患者之家如何?那里有护理人员,只要上木能得到很好的照护,我觉得这是一个不错的办法。"

然而,福利专员指出,这样她岂不是又面临着从设施出走,再次流落街头的风险?

"虽然认知症患者之家可以接收认知症患者,可是在那种设施,入住者的行动自由度较高。对上木来讲,存在一不小心走出去后找不到归路的危险。"

刚才提出要把上木转至认知症患者之家的看护师又指出:哪里都没有像医院这样24小时有人值守、看管到位的设施;既然被送回设施,就难免存在再次失踪及重返流浪

老人漂泊社会

生活的风险。

"不管去哪里,都存在流浪街头、回归原来那种无家可归者状态的风险。我们不可能完全规避这种风险,除非把她 24 小时隔离起来……"

像上木这样的认知症患者必须有人 24 小时看管。即便把他们转入认知症患者之家等专业机构,也不可能完全没有风险。然而,由于上木没有家属,很多设施都不愿意接收。那位正在为上木寻找接收机构的福利专员满脸困惑地说:

"我认为,那些设施很难接纳她。她本人年事已高,万一发生意外由谁负责?设施方表示,必须先把相关责任划分清楚,否则他们无法接收。"

上木即使出院也找不到接收机构;反之,因为没有接收机构,所以她无法出院——大家的议论在来回兜圈子。接着,所有的参加者都陷入了沉默。最后,一直在聆听大家发言的森川打破了沉默。他说:

"最终看来,上木只要出院就会陷入无人看管的状态。出院后,她存在再次迷路及沦为无家可归者的可能。"

有些老年人对自己患有认知症没有意识,长期露宿街头,森川等人一直在实施针对他们的救助活动。不过,就算他们能够暂时寄身于医院并由此获得片刻安宁,只要一走出这里,就存在重返流浪生活的风险。对此,森川大夫也颇感无奈。

想要消除认知症老年患者所面临的风险并为他们提供

可靠的"终老之处",我们需要打造什么样的援助机制呢?尽管大家都清楚现实状况,却尚未找到有效的解决措施。

如何让老年认知症患者不再漂泊?

2012年末,新年将至,东京都心地区热闹非凡。森川大夫等NPO工作人员仍旧在这里巡视。在池袋车站前面,外出购物者、深夜买醉者、拖家带口逛街者以及一对对情侣等,各色人等来来往往络绎不绝。在人群当中,我们仍能看见个别老年人的身影。

"今天可真冷啊。"

"您需要帮忙吗?"

"我们这里可以住宿,房间里也很暖和。您跟我们走吧。"

与平时的巡视活动一样,他们主动跟那些老人打招呼。也许因为快过年了吧,老人们也想跟人说说话。当天晚上,有十多位老人接受了救助。

不过,巡视活动的实施范围仅限于都心的一小块区域。也许,更多露宿街头的认知症老年患者无法得到人们的关注和照料,只能倒毙路旁,最终被埋入"无缘墓地"[①]。

转年春天,2013年4月,即节目播出3个月之后,我们再次来到池袋。

---

① 指找不到墓主的后人及亲属,无人祭扫的墓地。

入夜,我们看见那位肩部脱臼的认知症女患者又坐在车站里。虽然我们主动跟她打了招呼,但她好似对我们已没有印象。她的认知症该不会又加重了吧?我们不禁有些担心。我们递给她一个瓶装茶饮料,她像往常一样笑盈盈地对我们说道:"谢谢。"

最终,没人能对这位露宿街头、患认知症的老太太施与救助。我们站立在那里,对来往人群注视良久:无数上班族和青年学生匆匆路过,却没人对久坐路边的老太太多瞥一眼。

"这里有一位自己无法发出求救信号,只能整日呆坐的老太太!"

我们真想大声告诉过往的人群。不过,最终我们也只能从现场黯然离去。

无依无靠的老年人一旦患上认知症,就无法入住医院或养老设施,稍不注意还会沦为无家可归者。也许很多人认为,这种"漂泊生活"跟自己无关,不会落到自己头上。

然而,越来越多的人即使有家属也愿意选择"独身生活",我们正处于这样的时代。而且,现在每7位老年人当中就有1位认知症患者。在这样的时代,谁能断言这种"漂泊生活"与自己绝对"无缘"呢?

所以,当我们看见深夜徘徊的老年人,至少应该多关心他们一些。也许,他们正处于无法发出求救信号的危险境地。

就像我们之前对他们毫不关心一样，社会也尚未对这个现实引起重视——这令我们心急如焚。

"老人漂泊社会"的问题正日益严重，我们所有人都必须尽早正视这个现实。

专栏
精神科病房正成为老年人的"终老之处"

现在,受诊疗报酬调整的影响,在医院长期住院并非易事。不过也有一个例外,那就是精神科病房,那里仍有不少长期住院的患者。

当然,每个患者的情况各不相同。有很多是连自己的名字都不知道的重度认知症患者,因为福利设施拒绝接收,所以他们实在无法出院。

有些医院从人道主义出发,不会强行把这些患者赶出医院,而是允许他们长期住在里面。在第四章里出场的森川大夫,他所就职的医院就是一家这样的医院。实际上,这些医院的病房正逐渐成为老年人的"终老之处"。

认知症患者"最后的堡垒"

饭沼医院也是一家对这类患者给予积极援助和关怀的医院。

饭沼医院地处东京都板桥区,位于住宅街区的一角,周边环境安静闲适。该医院创建于二战结束后不久,60多年来，一直深受当地居民的信赖。目前，在该医院5层高的病房楼里，住着大约400名患有综合失调症等疾病的患者。

该医院院长叫饭沼久美子，她也是精神科大夫。一天，我们去医院采访她。据说，那是她第一次接受媒体采访。为了让我们"了解老龄社会的真实现状"，她还热情地带领我们参观了病房。

首先，令我们惊讶的是"要求住院"者非常之多。很多家属及基层政府都希望把患者送来，相关咨询每月多达40件左右。其中，很多人都是希望把病人从普通医院转至这里。

很多患者虽然内科疾病或脑梗死的治疗已经结束，但其认知症无法治愈，因此需要有地方接收。这里的患者几乎都是这种情况——找不到照护设施或者家属因工作关系无法照料他们，而不得不求助于精神病医院。

鉴于治疗的必要性及患者"无处可去"的紧迫性，目前，该医院已形成一套行之有效的应对机制：只要一有病床空出，他们就会立刻接收下一个患者。

实际上，医院里的患者其症状也有轻有重：有的患者认知症症状较为严重，在病房里长期卧床不起；也有不少患者精神抖擞地在过道里走来走去，症状看起来并不严重。

"在这里，无论患者病情如何，我们都不会拒绝他们入院。因此，有人称这里是认知症患者'最后的堡垒'。其实，这里每天就跟野战医院一样。"饭沼院长说。

认知症患者的平均住院时间为半年左右，也有些患者住院长达2~3年。我们跟这些患者聊天时，他们都主动告诉我们："我曾经住过好几家医院，最后才转至这里""我实在没地方可去，所以他们把我留了下来"。尽管与我们素不相识，但那些认知症患者仍把自己的经历和遭遇和盘托出。这也令我们隐约感受到其"漂泊生活"之艰辛。

需要护理程度较低的老年认知症患者

山本悟（化名，78岁）是由都内基层政府负责人介绍来的患者，我们首先对他进行了跟踪采访。在他入院的第一天，我们列席了饭沼院长对他的问诊。

山本在普通医院接受肝癌手术后，既不能入住照护设施，也无法回到自己家中，由此陷入了无处可去的状态。据饭沼院长介绍，山本在患肝癌之前就有认知症的早期症状，后来可能在住院过程中症状又有所加重。山本一直在讲述他年轻时经常去国外、与当地人进行各种交流的经历，不过他所说的是真是假，我们也无从判断。

饭沼院长耐心地听山本讲完后，问他："您结过婚吗？"山本回答说："我不喜欢被人管束，所以一直过着单身生活。"看样子，他也没有可依靠的亲属。

后来在山本住院期间，我们又对他进行了一次采访。

刚开始，山本面露难色地说："我的想法你们年轻人怎么能理解呢？"突然，他话题一转，开始一把鼻涕一把泪地哭诉说："自己不甘心就这样平淡无奇地死去。"他说，下次出院后，一定要与我们在蓝天白云下畅谈一番。他的精神状态好似有些飘忽不定。

在山本住院后，医院方面也在着手为他寻找下一个去处。

山本的需要护理程度为级别3。按照这个需要护理程度，要想立刻入住特别养护老人之家存在困难。于是，医院的福利专员与基层政府的主管一起努力，着手为山本寻找可接收认知症患者的照护设施，但是迟迟没有结果。

"最困难的是患有认知症但需要护理程度较低的人。因为原则上，照护设施需按需要护理程度从高到低的顺序来接收入住者。像山本这种从精神病医院出来的人，入住难度最大。"负责为山本寻找接收设施的福利专员说。

家属因担心被拖垮而不愿收留

有些患者尽管家里有亲属，但也不得不长期住在精神病医院。我们也对这类患者进行了采访。

佐藤三枝（81岁）是东京都大田区人。她一直独身，平常主要与弟弟、弟妹一家（包括侄子辈等）来往和相互照顾。

佐藤在得脑梗死后患上了认知症，已在这个医院住了将近一年。她的需要护理程度是级别4。日常会话没什么问题，但是去哪儿都离不开轮椅，穿衣服等日常生活也无法自理。

她的弟弟名叫健一。健一夫妇每周都会来医院看她，也在积极为她寻找出院后的照护设施。据说，小时候他们家很穷，姐姐是家里的顶梁柱。因此，健一无论如何也想帮姐姐一把，为她申请了大田区的特别养护老人之家。然而，在他们前面排着无数申请者，入住的可能性低得令人绝望。他们一共申请了5家，但无论哪家都排在200名之后，几乎没有希望。

健一也想把姐姐接回自己家中，但他们夫妇俩都已70多岁了。另外，妻子腿脚不利落，出门买东西都很费劲。如果再把姐姐收留过来，岂不是大家都得倒下？所以，他们一直没能把姐姐接回家中。

目前，最令健一头疼的不是姐姐住院，而是无法为她找到安居之所这件事。她早晚得从这家医院搬出去，可是她的下一个去处在哪儿呢？

在医院里，针对长期住院患者，看护师在工作之余会帮他们实施康复训练，比如让他们练习行走等等。不过，相关设施标准规定，他们不能配置理疗师等专业人士。

"如果身体不行了怎么办呢？我想跟家里人住在一起。"

眼下，三枝一时还难以找到下一个居所，还得继续过这种依靠轮椅的生活。对此，其内心充满了不安和无奈。

当独居老人患上了认知症……

为什么这些老人必须住进精神病医院呢？采访中最令我们心痛的，是2013年1月入院的后藤俊和（化名，78岁）的遭遇。

后藤给人的感觉是性格比较内向，刚开始他并不愿意接受我们的采访，总是推托说："我的事情没啥好说的。"他好像有短期记忆障碍，比如记不住今天的日期等。不过像进食、更衣及如厕等日常生活，他都可以自理。而且，他没有令其他住院患者及医护人员感到头疼的行为，白天大都老老实实地待在食堂里。

在与他接触了大概3天之后，后藤突然改变了对我们的态度。

那天，他把从看护师那里借来的纸和笔递给我，要求我告诉他从医院到他家的路线。我为他画了一个示意图，上面标有医院及他所住小区的位置。后藤喜滋滋地向我道谢，然后把那张小纸条郑重收起并随身带着。他还对我们说："我啥时能回自己家啊？你们一定会把我送回去吧。"他经常给我们讲他年轻时的美好回忆，比如跟朋友一起去唱歌喝茶等，甚至还在我们面前一展歌喉。

当初，后藤的认知症症状来得很突然。在前一年12月份，他开始出现明显的异常行为。当时，他一个人住在都内的社区，从某天开始，他突然搞不清楚自己的房间是哪间，经常去按邻居家的对讲机，或者跑到别人家里去。邻居把相关情况汇报给了区里。于是，区里相关负责人作出判断，认为他不能继续过独居生活。

之后，后藤在专门收容无家可归者的免费廉价住所住了11天，又在照护设施以短期居住的名义待了21天。然后，在开年后1月，区里负责人便把他送进了饭沼医院，这也是唯一愿意接纳他的地方。

在他入院后，医院的福利专员牧野康洋便马上着手为他寻找出院后的去处。因为主治医生认为，他的需要护理

老人漂泊社会 167

程度为级别1，按规定不应该长期住在精神病医院；另外患者本人也明确表示希望回家。牧野认为，从后藤的表现来看，如果他能够接受适当的护理服务，应该是可以回家的。

在后藤住院一个月之后，为了考察他在家的生活情况及确认他是否可以重归居家生活，我们决定陪他一起回家看看。

后藤临时回家那天，当我们录制组一早赶到医院时，后藤早已穿戴整齐，并且兴高采烈地到门口来迎接我们。

虽然后藤自己不会购买电车车票，但他清楚地记得出站后回家的路线。于是，他走在前面为牧野及我们带路。到了小区后，他径直走到自家门口，并用钥匙打开了房门。

我们跟在后藤身后走进了房间。然而，一进去我们全都傻眼了：房间里简直是一团糟，衣服及生活用品随处乱放，整个屋子就像一个垃圾堆。显然，在获得救助之前，后藤在生活方面就没有条理。

严峻的现实令福利专员牧野眉头皱紧，他说："这种状况哪能住人啊？他连最基本的判断能力都没有，让他一个人居家生活不太现实。"

待了30分钟之后，我们该回医院了。这时，后藤死活不肯从房间里出来。牧野一再催促他"走吧"，但是后藤央求说："请让我待在这里吧。"

"那哪行啊？您还在住院呢。"

"这里让我感到安心和踏实。我求求您了。"

"再说了，这必须有大夫的允许才行。"

"哪怕吃得差点也没关系,我就是想住在这里。请把钥匙给我吧。"

"不行!"

双方争执了十多分钟,最后还是后藤作出了妥协。在我们答应带他去罗多伦咖啡店(他喜欢喝那里的咖啡)之后,他才很不情愿地跟我们回到了医院。

些微的邻里纠纷就可能导致认知症老年患者孤立无援,老年人一旦患上认知症将很难一个人生活,而且找不到住所……

认知症孤寡老人的问题今后将越来越普遍。毋庸置疑,像后藤这类案例今后将越来越多。

认知症老人的安身之处在哪里?

我们所采访的那些老人后来怎么样了呢?在节目播出后,我们向医院打听了3位受访者后来的情况。

主动提出"出院后要在蓝天白云下与我们畅谈"的山本,之后被查出重度肝硬化,在节目播出后不久就走了。据说,他最后是在医护人员的陪护下去世的。

一直在苦苦等待入住特别养护老人之家的佐藤,最后终于等到了一个空床位。虽说他在精神病医院住了一年多,身体变得更加衰弱,但总算可以在自己熟悉的故乡大田区安度晚年了。

而后藤呢,他既没能如愿回到家中,也未能找到照护设施,至今仍旧住在精神病医院里。

老年认知症患者无法在令自己安心的地方生活,而只能去投靠精神病医院——这便是超老龄化社会的现实。据了解,饭沼医院每天都会接到很多咨询住院事宜的电话。今后,此类需求估计还将越来越多。

第五章
如何实现老后安心生活？

——日趋严重的老年人贫困问题

目前，高知市潮江诊疗所针对贫困老人正在实施免费低额诊疗项目。

"每月养老金10万日元①以下家庭"面临的严峻现实

你现在每月能领到多少养老金？

或者，你将来能领到多少养老金？

你是否拥有足够的积蓄，以备将来一个人生活时可以安心养老？

对于这些问题，究竟有多少人能够自信地回答说，"我有足够的养老金或积蓄，能够满足将来老后生活之所需"？目前，在领取养老金的老年人当中，仅靠养老金收入就能满足生活所需者到底有多少呢？

之前我们在采访中所遇到的，都是入不敷出、生活拮据的老年人。现在，"每月养老金在10万日元以下的家庭"正迅速增多。这些家庭仅靠养老金收入无法满足日常开销，因而不得不省吃俭用。

---

① 约合人民币5480元。

这里有一组由厚生劳动省提供的、有关独居家庭养老金领取额的数据（2011 年的统计，请参照以下图表）。该数据着实令人吃惊：每年领取额不足 200 万日元[①]即每月领取额为 16.6 万日元以下者占总体的 79.5%；每年领取额不足 100 万日元即每月领取额为 8.3 万日元以下者占 41.8%。每月养老金不足 10 万日元的老年人竟有如此之多。

■ 独居家庭养老金领取额

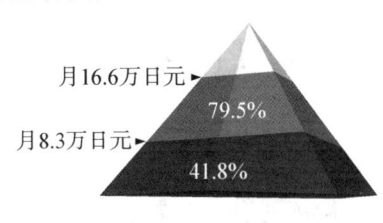

数据来源：厚生劳动省年金制度基本调查（2011 年）

在入住老人之家或者带服务的养老公寓后，入住者每个月需负担房租、入住费、伙食费、生活杂费，有的还得负担医疗费及护理服务费等。这些费用如果仅靠每月不足 10 万日元的养老金来支付是很困难的。如前所述，尤其在城镇地区，仅靠养老金收入很难找到"终老之处"。进一步讲，我们不得不说，老年人要靠一己之力找到"终老之处"几乎不太现实。

对此，相关专家建议说，政府需要尽快建设专供这些低收入老年人居住的设施和住房。

---

① 约合人民币 10.95 万元。

瑞穗信息综研首席研究员藤森克彦（第一章中已作介绍）指出，现在日本老年人的贫困率已处于高位。在主要发达国家当中，日本的老年人贫困率也位居前列。其中，独居家庭的贫困率更是惊人：老年男性的贫困率为38.3％，女性高达52.3％。也就是说，在独居老人当中，1/3的男性和一半以上的女性都处于贫困状态。

藤森还为社会敲响了警钟：

"人们常说'日本的老年人很富有'，但那不过是假象而已。只要看看数据，我们就能一目了然。其中，独居老人及未婚者、离婚者的贫困率尤其居高不下。而且我们担心，今后，随着单身化及未婚化趋势的进一步扩大，老年人的贫困率还会逐步攀升。"

他还指出，时代的变化也是导致贫困率上升的因素。

"上个世纪90年代以后，由于就业状况发生变化，低收入及收入不稳定的非正式雇佣劳动者逐渐增多。我们认为，这些变化也使得老年人贫困问题日趋严重。当今天的年轻人变成老年人时，情况将会如何呢？对此，我们应当认真考虑和研究。"

最后，他说，当务之急是要采取相应的措施。

"过去，无论作为住房政策还是社保政策，日本的保障性住房建设都是'短板'。今后，政府需要考虑将已有公营住宅等用作低收入老年人住宅，同时，还要加强房租补贴、生活援助服务等方面的措施。从社会成本角度来讲，我们也必须尽早推行这些措施。如若放任不管，则今后将花费更高的社会成本。由此，我们现在必须尽快去落实这些措施。"

这些数据揭示了一个极为严重的现状:很多老年人不仅老后没有可入住的养老设施,而且就算待在家里也无法享受到充分的医疗和护理服务。

因贫穷而放弃治疗的患者

随着采访的深入,我们还发现一个严峻的现实,即不断有老年人因为无钱治病而丧失生命。因为经济贫困,他们即使生病也强忍着不去医院,因而错过了治疗时机。

"全日本民主医疗机构联合会"(以下简称"民医联")是由部分医疗机构自发组成的组织。该联合会的秘书长长濑文雄向我们介绍了这个"严峻的现实"。

"老年人因为没钱看病而丧命,这种事情现在就发生在日本、发生在我们身边。人的生命怎么能让金钱来左右呢?但这就是日本的现实。"

民医联对全国超过660家医疗机构进行调查后发现,因无力支付医疗费耽误治疗而造成死亡的患者,仅2011年在全国就有67人。超过2007年相同调查结果的两倍,其中60岁以上老年人占总体的七成,年龄最大者为89岁。

为进一步了解相关情况,我们采访了一些具体事例。

下面介绍一位居住在福冈县的61岁男士的案例。

该男士是一名出租车司机,30多年来一直过着独身生活。当他已经卧床不起、身体极度衰弱时,才由朋友带着去了医院。一个月之前，这位男士就已吃不下东西，并出现了血尿症状。经过仔细询问才知道，早在一年多之前该男士就出现了黑便等症状，尽管他感觉身体有异常，但是因为"没钱看病"，所以一直没有去医院。大夫对他进行了详细检查，结果发现是大肠癌。症状很严重，癌细胞已转移到肺部。医院当即让其住院接受治疗，但是，由于病情已经很严重，可以说治疗基本无望。

住院期间，这位男士每天都在写日记。他在日记中写道：

"往日不可追。如今我上了年纪才明白这个道理。可以说，我的人生如同一片空白。对此，我唯有自我反省：自己的人生既令人感到悲哀，也实在无聊。然而，此次住院也让我想通了很多问题，比如人性的丑恶与善良。不过，有一点我是坚信不疑的，那就是一个人只靠自己是绝对活不下去的。"

半年后，这位男士不幸去世。他在日记的最后一页写道：

"我多么想成为一个能给大家带来幸福的人啊！"

长濑秘书长说，这些人如果早点来医院接受治疗，也许就不至于丧命了，这实在令人惋惜。

另外还有一个病人，也是长期忍着不去医院，后来看了大夫，仅过了5天就去世了。据称，死亡者当中55％都是癌症患者。另外，还有两名患者因患肺结核去世。其实，如果能接受早期治疗，肺结核患者保命的可能性还是很大的。

在这类老年人当中,很多都是没有按时缴纳国民健康保险,因而没有保险证的人,即"无保险者"。尽管日本号称"全民保险",但仍有人由于经济原因而无法得到救助。其实,如果治疗及时,他们是能够获救的。

长濑秘书长说,这还只是冰山一角。因为,加盟民医联的医疗机构及诊疗所,其数量仅占整个日本的1％左右。

"如果没钱就只能等死。诊疗费和药费已成为患者的巨大负担,并使得患者不敢去就医。我们必须尽快在全国范围内开展调查并掌握相关情况。若不及时采取措施,同样的悲剧还会反复发生。包括对低收入者实施保险费减免等,政府必须采取措施让老百姓放心就医。因为,很多原本可以获救的生命正在一个个地消失。"

"没钱就只能等死"——这不正是当下身处困境的老年人的真实写照吗?对于这种现象,我们深感不安和悲哀。

你听说过"免费低额诊疗"项目吗?

那些经济条件不好的老年人,难道就没有其他的就医办法吗?

在中央及地方政府的支持下,民医联正在实施一项为这些生活拮据者提供免费或低额医疗服务的措施。如今,那些参与该项目的医院已成为贫困老年人的"救星"。我们专程就此进行了采访。

在高知县高知市有一个潮江诊疗所，距高知市中心有10分钟车程。诊疗所位于一个居民区里。入口处贴着一张醒目的海报，上面写着：为无保险者免费提供健康咨询。医院的总务部部长滨田正道特意来到门口迎接我们。

"在我们这个诊疗所，经济条件不好的老年人可以享受免费门诊。希望患者们有病不要忍着，而要尽早来看大夫。就医治病必须趁早，我们也通过广播等手段在宣传和呼吁。不管有钱还是没钱，希望大家都能及时前来就医。"

潮江诊疗所开展的是一项名为"免费低额诊疗"的项目。如项目名称所示，该项目主要针对那些生活困难无力支付医疗费的患者，对其医疗费给予减免照顾。

该项目的实施依据是《社会福利法》。根据《社会福利法》第二条第三项规定，政府需采取措施"向生活困难者提供无偿或低额的诊疗服务"。在具体应用时，患者须满足一定的标准，并由医疗机构向基层政府申报。各医疗机构制定自己的标准，根据患者的收入及存款金额等，对其实施医疗费减免政策。

潮江诊疗所从2009年10月起开展这个项目。目前，该诊疗所的医疗费减免对象主要为年收入不满180万日元①的孤寡老人。除了高知市市民外，也有不少周边市町村②的患者前来就医。每年，申请医疗费减免的患者超过100名。据说，患者的增速已超出预想。

---

① 约合人民币9.86万元。
② 日本的行政区划单位。以一定的区域和居民为基础，具有一定自治权的地方团体。与都道府县一起被称为"地方公共团体"。

"不用担心治疗费,这真是太好了"

"经常给你们添麻烦,真是不好意思。谢谢你们的帮助。"

这天,病人傍士保友(78岁)又来到了潮江诊疗所。

所长内田好彦大夫开始为他看病。

"您完全不必客气哦。话说回来,您最近身体状况如何?"

"还凑合吧。食欲是平常的一半左右。身体状况已有所好转,不过还只是恢复了一半的样子。"

"今天给您打点滴吧。您的腰还疼吧,那我在点滴里加点儿止疼剂。"

"那太好了!在你们这里不用担心治疗费,真是太感谢了!"

从3个月前起,傍士开始接受这种免费低额诊疗服务。

潮江诊疗所原本是为傍士提供家庭医生服务的诊所。有一天,傍士因身体不适找到了内田大夫。由于病情很严重,内田大夫便劝他住院,但是被他拒绝了。他答应每天来医院,观察一段时间再说。然而,来了几天之后,他却突然不来了。

傍士患的是胸膜炎。得了这种疾病后,患者肺部会产生积水,必须用药物来控制炎症,否则将出现呼吸困难等症状。若长期放任不管,则会造成呼吸功能不全,甚至可能酿成严重后果。因此,患者必须接受长期且持续的治疗。

诊疗所的大夫惦记着他的病情，于是让护士长给他打电话。

"傍士先生，您身体怎么样了？您最近没来医院，我们有些放心不下。您的病情没有加重吧？"

"没关系，不用担心。"

"不过，我们还是很担心哦。请您有空到诊疗所来一趟吧。"

"叮是，我……"

"如果有什么困难，请告诉我们。您不用客气哟。"

"哎，其实还是因为钱……我现在没钱了，所以没法去看病。说起来丢人啊，如果每天都去，我的钱就不够花了。我实在说不出口……"

当在电话里听说有免费低额诊疗政策后，傍士马上就去了诊疗所。

"我当时已经打算放弃治疗了。因为我实在没有办法，说起来真是丢人。幸好他们给我打了个电话。以前我不知道有这个政策，所以只能忍着不去医院。哪怕疼得在地上打滚儿也只能忍着。"

生活穷困潦倒，即使得病也只能忍着，傍士为何落魄到如此地步呢？其实，这主要是因为他家里发生了一些变故。

之前，傍士家里有妻子和女儿，一家三口住在一起。他长年在电气设备公司上班，一直干到了70岁才退休。退休之后，他过上了悠闲舒适的生活：老伴儿性格开朗，身体也很健康；闺女对老两口很孝顺。

可是，后来突发事件接踵而至。两年前，闺女因突发脑梗死不幸去世；一年前，患有阿尔茨海默病的妻子也追随闺女而去。

在傍士的房间里，摆放着一家三口的全家福照片。

"当时我整个人都垮掉了，浑身没劲儿。在失去家人后，干什么都打不起精神。一个人要活下去真是太难了……"

傍士一边看着照片，一边说道。

两位亲人先后病故，这不仅令傍士失去了心理支柱，家庭收入也大幅减少。在妻子活着时，夫妇俩每月的养老金合计有16万日元①。虽然说不上奢侈，但过普通生活还是没有问题的。

可是，在妻子去世后，傍士每月只能领到10万日元的养老金。生活一下子变得清苦起来。扣除公营住宅房租及水电费、伙食费之后，手里几乎没有剩余。于是，他只好省吃俭用，过着紧巴巴的生活。

在这种情况下，他的身体又出现了异常，每天都得去医院。傍士由此陷入了困境。每次去诊疗所看病，他需要花费交通费和医疗费约900日元②，有时还得支付药费。对他来讲，每天去医院成了一个很大的负担。在节衣缩食坚持了一段时间之后，不得不中途停了下来。

"有钱能使鬼推磨，这种说法也许有些夸张。但如果真

---

① 约合人民币8760元。
② 约合人民币49元。

的没钱,就会随时遇到各种困难。在年轻时,如果有点发烧或身体不舒服,不去医院也能扛过去。上了年纪可就不行了。我现在连医院也去不起,说起来真是丢人呀。"

傍士鼻子一酸,泪水在眼眶里直打转。

"只要是自己能做到的事,我还是希望尽量靠自己。可是,有些事情是无论你怎么努力也做不到的……有这个免费低额诊疗项目,我就可以放心接受治疗了。这对我的帮助真是太大了!"

在那之后,傍士又坚持每天去医院接受治疗。他的身体也逐渐康复了。

免费低额诊疗项目并非万能

可是,免费低额诊疗项目并不能解决所有问题。就潮江诊疗所来说,它最多只能为患者减免半年的医疗费。这是为什么呢?因为患者医疗费的超支部分需由诊疗所来负担。

总务部部长滨田向我们解释了他们的难处。

"我们也想继续为患者减免医疗费,以消除患者的负担,但是我们也有难处。减免期限最长不能超过半年。这项制度的宗旨是:在半年时间内,通过政府补贴资助患者持续就医。但要继续顺延就很困难了,而且医院的经营也会受到影响。我们在经费方面也没那么宽松,实在很抱歉。"

如上所述,医疗费的超出部分需要医院自掏腰包,因此，目前实施这项政策的医疗机构还不是很多。

积极推行该项政策的组织，是由医疗机构组成的"全日本民主医疗机构联合会"（前文已有介绍）。在民医联当中，有超过300家医疗机构在实施免费低额诊疗政策，也有其他医疗机构开始实施该政策。尽管参与机构越来越多，但它能解决的问题还很有限。在我们开展采访时，在高知县内，只有潮江诊疗所在实施该政策。

另外还有一个问题就是药费。该项制度规定，只能减免门诊费用，而药费仍需由患者自己负担。对很多病人尤其是患糖尿病等慢性病的老年人来讲，药费可是一个不小的负担。

过去，处方开药都在医院内部完成。现在实施医药分离，医院大都改成了"院外处方"这种做法。滨田指出，由于制度设计时对形势发展估计不足，因此造成了制度与实际情况脱节。对低收入老年人来讲，药费是一个很大的负担，很多时候会超出他们的承受范围，这就使得他们无法得到充分治疗。总务部部长滨田表示，虽说诊疗所有时也会替他们代垫药费，但一个诊疗所不可能向所有患者都提供援助。

为了改变这种状况，高知市出台了自己的特殊政策。从2011年4月起，他们开始施行一项名为"无偿低额诊疗事业配药处方费援助项目"的措施，为特定患者免除药费。其具体做法是，对患者在药店开药的自付部分，由市政府给予全额补贴。据市政府方面介绍，这种针对院外处方的补贴制度在全国范围内尚属首例。

高知市认为，部分患者因无力负担药费而无法接受医院治疗，这属于一种制度性缺陷，于是他们推出了这项政策。这种制度性缺陷本应由国家来弥补和解决，但鉴于患者无法享受医疗服务、无法接受治疗这种客观现实业已存在，他们作出了对相关药费给予补贴的决定。据统计，在2011年度，他们一共收到108件申请。对于无力负担医疗费的老年人来讲，这种行政援助"功莫大焉"。

不过，这种援助也有其限度。政策对实施时期有具体规定，并非长期、无限制的免费。需要指出的是，它也只是一种临时性措施，无法解决根本性问题。

当我们再次来到潮江诊疗所时，总务部部长滨田正在给病人挨个打电话。对方是那些暂时中断治疗的老年患者。

"您好，我是潮江诊疗所的滨田。今天给您打电话，是想询问一下您的病情……"

接电话者都是因无力负担医药费而中断治疗的老年人。

"费用方面由我们诊疗所来想办法，可以搁到以后再说，这个您不用担心。总之，您先来医院瞧病吧。万一身体有问题可就……是吗？您可以过来？那我先帮您预约一下。您放心来好了。"

一位老年人答应马上来诊疗所看病。滨田先生也由此松了一口气。

在采访结束时，滨田部长说：

"这个免费低额诊疗项目并不能解决所有问题，对此我们也颇感无奈。尽管如此，我们还是希望他们能来医院，以便及时得到治疗。希望他们不要忍着不来。后期还可以申请低保等，有其他解决办法。

"如今，社会上出现了很多生活穷困者。我们不能把它简单归结为个人问题。越是上岁数的老年人，其愧疚心理和自责感越强。我们应该怎样去援助他们呢？这是整个社会必须考虑的事情。没钱就只能等死——我们不能容忍这种现象发生和存在。"

为老年人排忧解难的咨询窗口

我们在潮江诊疗所采访了很多老年患者。

免费低额诊疗项目的参与者几乎都是领取低额养老金的老年人，还有一些人根本没有养老金收入。而且，他们几乎全是独居的孤寡老人。

前文第174页所引用的政府数据显示，就独居老年人而言，全年领取养老金200万日元即每月为16.6万日元以下者占总体的79.5％。也就是说，80％的孤寡老人都必须靠不足200万日元的收入来过日子，我们现在正处于这样的时代。

有些收费老人之家在入住时需交纳数百万日元，应该说，面向富裕阶层的养老设施并不算少。可是，费用相对低廉的特别养护老人之家，从申请到入住须等上好几年，这是目前的实际情况。当然，其他还有各种各样的养老设施，但是它们还不能充分满足养老金收入200万日元以下人群的需求。

那么，老年人应该在何处养老及安度晚年呢？

当碰到这类问题时，我们可以去找第一章里提到的"地区综合援助中心"——主要由各基层政府牵头设立和运作的、专门为老年人排忧解难的咨询窗口。目前，这类窗口在全国共有约4300个。

每天，它们都会接到涉及各种内容的问询。

"我想接受居家医疗服务，应该找谁咨询呢？"

"我现在身体日渐衰弱，日常生活难以自理。我想接受护理服务，该怎么办呢？"

"我父母好像患了认知症，怎么办才好呢？"

咨询求助者都是老年人或者其家属，他们提出的都是亟需解决的问题。负责为他们排忧解难的是保健师或者看护师、照护专员、社会福利士等专业人士。这些专业职员会根据老人的健康状况及生活情况，推荐必要的医疗及护理服务。

因此，如果遇到困难，请首先去找地区综合援助中心。只要找到了基层政府，他们就会提供相关机构的联系方式。如果对护理服务及日常生活存有疑问和担忧，请向自己所在地区的综合援助中心咨询求助。

为打工谎称自己只有65岁

也有一些老人因为不知道有这些咨询窗口及医疗机构，而在困境里越陷越深。在我们的采访对象中就有这样的老人。

有些孤寡老人仅靠养老金难以过活,也没有可依靠的家属。他们面临着非常残酷的现实:纵然年事已高也必须辛苦工作,否则生活难以为继。

下面是竹下信代(70岁)的案例。竹下生活在高知市,在一栋居民楼里过着独居生活。她身材细长,面容瘦削。她有婚史,但没有孩子,因此在60多岁时,还得靠打零工来维持生计。当我们与她见面时,尽管她性格开朗很健谈,但言语中难掩疲惫神色。

竹下没有养老金收入。年轻时,她曾在电气设备公司及印刷公司等多个单位工作。虽然一直在缴纳养老保险,但因为缴付期限略有不足,最终,她未能领到养老金。据说,她一共交了22年保险费,比规定年限少了3年。

"我当时简直惊呆了。之后我去了无数趟养老金事务所,询问了很多次。在60岁时、63岁时,甚至一年前,我都去询问过,但就是领不到。

"自己一直都在勤恳工作,怎么会有漏缴的时期呢?过去,催缴养老金没有书面通知,另外也怪自己在这方面认识不足。现在领不到养老金,那么只能接着干活挣钱了。哎……"

竹下长叹了一口气。

后来,竹下被查出患有卵巢畸形肿瘤,医院说必须做手术。竹下不知道如何回复是好,因为她无力筹措手术及住院费用。之前的窘迫生活,已令她几乎花光了所有的积蓄。她连10万日元手术费也掏不出了。之后,她只能不去医院了。

再后来，竹下横下一条心：干脆自己去找活干，把手术费挣出来。可是，她已经69岁了，很少有地方会雇用这么大岁数的人。为了找工作，她曾经一天连续走了6个多小时，从东家走到西家，累得都快趴下了。

最后，竹下总算找到了一份工作。她偶然路过一家卖便当的小店，便冲进去问人家是否招人。当时竹下已69岁了，但她撒谎说自己只有65岁。她担心假如说快70岁了，人家肯定不会雇她。对方虽然也嫌她年龄大，但被她的热情打动了。这样，竹下终于在那家便当店找到了工作。

然而，对于一个69岁的老人来讲，便当店的工作并不轻松。这是一项重体力劳动，得端着一口大锅跑来跑去；而且，配菜炒菜需要长时间站立；做好之后，还得挨家挨户送上门去。在骑车送便当时，由于脚下不稳，她好几次连人带车摔倒在地。尽管如此，为了攒够手术费，她也只能咬牙坚持。

但是，靠打工的微薄收入及省吃俭用攒出手术费，并非三两天就能实现的事情。1个月、3个月、5个月……攒点儿钱实在太难了。其间，她的身体又添了新的毛病：腹部出现疼痛症状，不久腰部也有疼痛感。尽管如此，她仍然忍痛继续工作。

"下班后，自己常常哭着回到家中。那真是太痛苦了。坐着不动也疼，躺着也疼。然而没办法，我只能鼓励自己：为了挣手术费，你必须咬牙坚持！"

我们问她："您没想过去申请低保吗？"

"我压根儿就没动过这念头。我认为，不管遇到什么困难,必须先靠自己去解决。毕竟自己还能工作,不能说因为肚子疼就去'等靠要'。再说,人们对申领低保者多少也有些看法。所以,我必须坚持依靠自己。但自己干活也攒不下钱,这让我很无奈。总之,人必须靠自己,不能依赖别人——我从小就接受这种教育,这也成了我的人生信条。"

在便当店工作了一年之后,竹下才终于去医院接受了手术。她身上的肿瘤被成功摘除,不过,其体重也由原来的60公斤降至45公斤。

现在,竹下还保存着当时的手术证明。

"这个东西对我来讲非常重要,我把它当作宝贝一样珍藏着。虽然之前已工作了几十年,但打工攒手术费那一年,是我人生当中最为辛苦的一年。每当看见这个证明,我就会想起那年的点点滴滴。这是自己执着努力的见证!"

结局仍然逃不开"低保"

尽管肿瘤被摘除,但竹下的身体并没恢复到原来的状态。后背和腰部的疼痛仍未消除。她只是接受了卵巢肿瘤手术,并没让大夫为她治疗腰病。因为她担心那样还得再花治疗费,而自己哪来那么多钱呢?

后来,由于腰部的疼痛加剧,她实在难以忍受,便告诉了自己的一位老友。那人恰好知道免费低额诊疗项目,于是向她推荐了高知市的潮江诊疗所。

经医院诊断,她患的是胸椎压缩性骨折。病情很严重,如不马上治疗，或将影响到今后的日常生活。据分析，她在便当店打工时感到的疼痛，就是由压缩性骨折引起的。大夫一边看 X 光片，一边对竹下说：

"你能坚持到今天真是不容易。一定很痛苦吧。"

竹下的眼泪夺眶而出，一直紧绷着的神经也一下子放松了。

"我真是太高兴了，终于有人能理解我了。我一直咬牙忍着，但大夫的一句'你真是不容易'让我松快多了。终于可以松口气了。自己身上的疼痛，别人怎么会知道呢？我一直在默默忍受，如今终于有人表示理解，这怎能不令我心生安慰呢？"

虽然竹下在医院住了一个多月，接受了相关治疗，但身上的疼痛并未消除。之前为攒钱看病拼得太狠，她现在很难继续工作了。如今，她只能靠领取低保补助过日子。

据说，她每天只做一顿饭，水、电、煤气都舍不得用，伙食费方面也是能省则省。尽管生活有所改善，但申领低保这件事令她多少有些自卑。

"生活问题得到了解决，这令我很感激。但是，我总觉得抬不起头来，活得有点儿累。现在活儿也干不动了，身体也不灵了。要想活下去，就只能靠低保了。"

竹下的遭遇正反映出当今老年人所面临的"残酷现实"。

这里面有老年人自我意识的问题，即他们不愿去依靠别人，任何事情都希望靠自己去解决，有非常强烈的自我责任感。在采访当中,很多老年人都认为,"造成目前这种现状是自己的责任"。

然而,造成今日残酷现状之责任果真全在他们自己吗?这些老年人为战后日本重建及社会发展作出了巨大贡献,如今却不得不卑躬屈膝地活着。这难道不是由来自社会的无形压力及特殊"氛围"造成的吗?

追根溯源,对无养老金及低额养老金、低收入的老年人进行救助的制度措施还不够完善,这才是问题的根本。目前,能够救助他们的只有低保制度。社会应该如何建立相关的援助机制?这是我们必须尽快考虑的问题。

对那些接受我们采访的老年人,我们不能对他们的遭遇及现状不闻不问。在此,我尤其要忠告现在的年轻一代:这些老年人的今天,兴许就是你们的明天!

专栏
观众来信：关爱老人就是关爱我们自己

"长命百岁却晚景凄凉——这是老年人的不幸，更是社会和时代的不幸。"

2013年1月，电视台播出了NHK特别节目《最终归宿在何处——老人漂泊社会》。之后，很多观众给我们来信，表达了对当今社会的不安和忧虑。

"这是我第一次听说'老人漂泊'这种社会现实。那位在各个设施之间辗转漂泊的老人，好寂寞好可怜啊……"（一位20多岁的女性）

"我流着眼泪看完了这个节目。从几时起，这个国家开始对这些老人不管不顾了呢？"（一位40多岁的女性）

"这些问题仅靠老人自己是无法解决的。对于残酷寂寞的老后人生，我们是否也应当做好心理准备呢？"（一位60多岁的女性）

年轻一代的心声

无数观众向我们反馈了他们的感想和看法。他们里面有男有女，年龄层分布也较广。

老年人的老后生活如此凄惨，很多人对此感到震惊，并由此联想到自己的将来。就连十几岁或二十几岁的年轻人也表示，"老人漂泊社会"并非与己无关之事。

"考虑到中央政府和地方政府的财政困难，完善和充实公共照护服务估计很难实现。10年后、20年后到底会怎么样呢？想想都令人感到恐惧。"（一位不愿具名的20多岁的年轻人）

"辛苦工作了一辈子，到手的养老金却少得可怜。老后生活令人担忧，我们应该提前做点准备吧。"（一位20多岁的女性）

少子老龄化不断加剧，就业和工资收入不稳定，对养老金制度不信任……这些都令人对将来感到焦虑；不仅如此，很多人也在想象自己将来的老后生活、自己将来如何离世等——在观看这个节目时，观众们心里一定是五味杂陈吧。

来自第一线的反馈

很多医疗工作者和照护工作者也向我们反馈了自己的感想和意见。

"对我们来讲，'老人漂泊社会'就是每天发生在身边的事情。我们确实感到，人与人之间的相互照顾越来越少了。"（一位40多岁的照护专员）

"我们需要建设面向低收入老年人的养老设施，同时必须提高照护工作者的待遇，否则相关措施难以实现。"（一位40多岁的照护福利士）

此外，关于设施品质，一位20多岁的社会福利士指出，"如果仅是片面地追求数量，并不能维护老年人的尊严"。

由此可见，在日本的基层一线，老而无养、老而难养的事态正日趋严重。

未来的希望

没有特殊情况，普普通通过正常日子的人，老后将过上什么样的生活呢？

在现有社会体制下，要想过上令人放心的老后生活难度很大——应该说，尽管我们对此心知肚明，但在正视该问题之前，我们一直在对相关实际情况采取回避态度。

也有很多观众表示，正因为现实很残酷，所以了解这些情况非常有意义。今后应该怎么做？很多人已经开始在探索和尝试。

"这个节目让我们很好地了解了现实情况。必须让老年人的晚年生活有盼头，让他们活得有尊严。如何

打造这样的社会环境，我们自身也需要加强思考。"（一位十几岁的年轻女孩）

"我们必须在地方上打造能够让老年人安心离世的设施，否则老年漂泊化现象将难以消除。我们要让他们知道：在他们去世时，会有人陪伴在他们身边。"（一位50多岁的女性）

"老年人的今天，就是我们的明天。我们必须尽快打造一个令老人们感到幸福的社会。"（一位30多岁的女性）

为了自己今后能过上安稳的老年生活，我们必须深入了解现实中所发生的事情，并积极思考需要采取何种措施。老年人不愿给家人添麻烦，他们甚至对自己所生存的社会也不抱有期待，然后万念俱灰地死去——我们千万不能让社会沦落至此。

衷心希望我们每个人都可以安心迎来自己的老后生活。最后，让我们来听听一位5年前失去丈夫的40多岁女性的声音。

"在丈夫去世后，我一个人干着两份工作，带着女儿艰难打拼。在节目中，我好像看到了自己的将来，心情黯淡无比。然而，造成这种结果的责任，果真在老人自己身上吗？

"为了得到幸福，我们每个人都在认真、勤勉地生活。我认为，在今天的日本社会，一个人一旦因某个偶然因素跌落至生活底层，就很难再爬起来。既然我们是生活在同一个时代的伙伴，大家就应该相互帮助、相互包容。每个人都应该多体谅同伴，向彼此伸出援助之手，我们应该去打造这样的社会……"

第六章
如何阻止"老人漂泊"?
——打造"互帮互助型"社会

"北极星"的负责人冈田美智子。她操着一口茨城方言,令人倍感亲切。

老年人相聚　处，安度晚年的场所

那么，能让老年人安心迎来生命最后时刻的场所是什么样的呢？

在采访开始两个月之后，我们对一位女士进行了探访。

茨城县筑波市是一座"研究学园都市"，从东京秋叶原乘坐筑波普快列车，经过一个多小时即可抵达。街道上，研究设施与新建住宅鳞次栉比。之后再驱车 20 分钟，当住宅变得稀疏、广阔的田野开始映入眼帘时，我们便来到了采访的目的地——集中式养老公寓"北极星"。这是一处被筑波山环抱其中的宁静居所。

"你好！请问有人吗？"

"噢，来了——"出来迎接我们的是一位满头银色短发的男士，看起来刚上年纪。我们告诉他，我们是电视台的工作人员，是来这里采访的。

"好的，请稍等一下。"

男士转身进了里屋。这位男士性格开朗也很有活力，刚开始我们还以为他是工作人员呢。后来才知道，他也是该设施的入住者之一。我们采访过很多照护设施，像这样由入住者，尤其是如此麻利的老年人来负责接待的情况很少见。

"让你们久等了。这地方很冷吧？让你们专程跑这么远，真是不好意思。大家有点儿累了吧。"

一位操着温柔动听的茨城方言、系着围裙的女士出现在我们面前。她就是冈田美智子（59岁）——这所集中式养老公寓的经营者，也是我们本次行程的主要采访对象。

"你们大老远来到这里真不容易。说白了，我们这里就是一个老年人聚在一起安度晚年的地方，仅此而已。"

然后，冈田说了句"请稍等一下"，又转身去照看那些老人了。她在屋里忙前忙后，很少有闲下来的时候。

"您口渴吗？身体没事儿吧？"

接着，她又去了隔壁老人的房间。

"您上厕所没问题吧？冷不冷呀？"

她非常开朗且幽默风趣地跟那些老人打招呼，看他们是否需要帮忙，难得有片刻休息——她俨然是一位胆大心细、乐于助人的"老大姐"。

在冈田的带领下，我们参观了养老公寓的内部，对老人们的居住情况有了一个了解。

冈田是从9年前开始经营这个养老公寓的。她既是经营者，也是一名入住者。一年365天，每天24小时，她都住在这个养老公寓里。而且，包括助餐、助洁、助浴等在内，她还得向其他入住者提供全方位的照护。

包括伙食费在内，这里的月费是 13.5 万日元[①]，但是不需要入住金等其他费用。目前，这里一共有 6 名入住者。这里总是处于满员状态。他们没做任何宣传，但是因为口碑不错，所以申请入住者络绎不绝。

冈田面色柔和，表情也很平静。她向我们讲述了当初创建这个集中式老年公寓的目的。

"我创建这个设施，就是为了让老人们能有一个安度晚年的'家'。希望他们能在同伴的守护下，平静地迎来生命的最后时刻。这点在我们这里是可以做到的。这也是我唯一感到骄傲的地方。"

"北极星"的含义

这个集中式养老公寓名叫"北极星"。这个名字里寄托着冈田的美好愿望。

"北极星是在天空中熠熠发光的一颗星。我们也想变作一颗恒星哦。"

冈田把这个名字的由来向我们娓娓道来。

"我们设施的英文名为 Polaris，即北极星。过去，当人们迷路时，不都是以北极星为参照物去寻找目的地吗？与之同理，老年人如果碰到困难，也希望他们来找我们这个'北极

---

① 约合人民币 7440 元。

星'。当他们找不到'终老之处'时,可以到我们'北极星'来,我们一定会尽力帮助他们。这个名字里包含着这种想法。"

他们可以在这个集中式养老公寓里安心居住,在这里迎来生命的最后时刻。在这儿,除非病人病情恶化痛苦不堪,自己希望送医院,否则是不会被送到医院去的。

"来我们这里的人,都希望在家中终老离世。可是,不少人因为家属不在身边或膝下无子,不能在家里终老过世。他们认为,在医院打着点滴、两眼瞪着白壁死去太寂寞太孤单了。所以,这些人都聚集到了这里。"

为了实现冈田的这个愿望,"北极星"有一个由9人组成的护理团队,他们每天都在这里辛勤工作着。

正如冈田所说,如今,老年人要在自己家中、在家人陪伴下迎来生命的最后时刻并非易事。由于"核心家庭"[①]越来越多,现在日本已进入超老龄化社会。就算有家人孩子,但可能有时孩子先病倒了,或者孩子住得离家较远。而且,孩子们为自己的生活打拼已精疲力尽,没有工夫来照顾父母,这种情况也并不少见。

在采访过程中,我们经常听到这些老年人及其家属的心声。

其乐融融的"新式家庭"

早晨7点。集中式养老公寓"北极星"新的一天开始

[①] 指由一对夫妇及未婚子女组成的家庭,通常称"小家庭"。它是由美国人类学家 G. P. 默多克提倡的、普遍存在于人类社会的家庭的基本概念。

了。公寓里传出了冈田清脆明亮的声音：

"早上好，阿纯！昨晚睡得好吗？"

冈田一边说着一边打开了窗帘。明媚的阳光透过宽大的窗户照射进来。入住者足不出户，在房间里一抬眼就能看见美丽的筑波山。

"阿纯，你的腿还肿吗？"

冈田一边说着，一边轻柔地为他按摩腿部。

"阿纯，我去给你端杯热茶来。请稍等一下。"

"美智子，谢谢你！"

阿纯是一位82岁的老先生，退休前是银行职员。他原先住在东京，有早期认知症症状。他刚搬到这个养老公寓不久，这里离孩子们的住所较近。

"昨天我给他换完纸尿裤后，对他说：'阿纯，这下感觉清爽了吧？'他回答说：'哦，美智子，谢谢你。'他能直接叫我的名字，真是太开心了——他叫的是'美智子'，可不是'冈田女士'哦。"

对了，在这里，人家相互之间都直呼其名。包括入住的老年人、冈田女士，还有护理人员等在内，所有人都直接叫对方的名字。据说，这是冈田定下的规矩。

"在我们这里，大家都有意识地叫对方的名字。刚开始的时候，可能有人不太习惯，叫不出口。不过，既然大家的目的是住在一起，在生命最后一刻好有个照应，那么自然就是一家人喽。家里人之间互称'先生女士'，岂不是很见外吗？

"也许我们并不能成为真正意义上的一家人，但只要能

老人漂泊社会

像一家人那样过日子不就行了吗？所以，在我们这里，大家都直呼其名。的确，大家互称名字之后，我们感到心与心的距离也更近了。"

"北极星"的建筑布局是以起居室兼食堂为中心，6个卧室呈放射状分布四周。因此，只要站在起居室兼食堂里，就可以对所有房间的情况一目了然。每天，冈田就站在那个中心位置，关注着各房间里老人的情况。

早晨一起来，冈田他们就得开始准备早餐；然后伺候老人们吃药，清扫房间；在这结束之后，又该准备午餐了；下午3点，大家聚在一起喝下午茶；之后又得赶紧准备晚餐。总之，他们一天到晚忙个不停。不过，这里也整日笑声不断。在我们的考察当中，助浴是最有代表性的一个环节。

老人们用餐完毕后，冈田便开始为他们做洗浴的准备。

"我去准备一下，请稍等。"

几分钟之后，冈田身着T恤衫和短裤，头扎一条拧成麻花状的毛巾出现在我们面前。

"瞧，这不是'天才傻瓜'[①]吗？"

老人们全都哈哈大笑起来。

"好，开始洗澡喽。"

冈田于是开始帮助这些老人洗浴。

"脚部啥的自己够不着吧。让我帮您好好洗洗。"

[①]《天才傻瓜》是由日本国民漫画家赤冢不二夫创作的经典漫画作品。冈田的打扮看起来有点像《天才傻瓜》中的主角。

"哦，真舒服啊。谢谢你。"

起居室里传出冈田与老人们的亲切对话。

冈田挨个帮助每一位老人洗浴。有的老人身体不能动弹，有的体重超过60公斤，仅把他们从房间里挪出来就是一项重体力劳动。不一会儿，冈田便累得满头大汗。

帮助他们洗浴完毕后，冈田的工作并没有结束。她开始一边往老人的脚部涂抹药物，一边给他们按摩。

"哦，您的脚肿已消去不少了。"

冈田一边说着，一边为这位老人按摩了足有10分钟之久。

"真的哩。走起路来轻松多了。谢谢你！"

对于如何实施助浴，很多养老设施都有一套机械的流程。例如，有的地方设有时间限制，把助浴搞成了一项流水作业。

冈田也亲眼见过那种场景。在一家养老设施里，老人们不分男女，脱光了衣服坐在轮椅上，排成一排；然后，由护理人员采用流水作业的方式为他们冲洗身体。在那里，老年人并没被当成人，而是被当成物品来对待。那种场景至今在冈田脑海里挥之不去。

而这个集中式养老公寓里的情况却与之完全不同。在冈田与老人们的会话当中，我们随处可以感受到那种相互体贴的温情。

冈田与老人们之间的这种关系，我们可以称之为一种"新型家庭关系"。

随后，我们在这个公寓里架起一台摄像机，对老人们的生活进行了更为细致的观察。

各方支持不可或缺

"喏！美智子。看我给你带来了什么？"

"噢，是阿九啊。今天带来了啥好东西？你每次都带东西来，谢谢啦。"

说话者手里拎着一堆山药，从公寓后门走了进来。他是九州人，外号"阿九"（59岁），与冈田是20多年的好朋友。这里的老年人也都这么称呼他。阿九也是这个老年公寓的得力助手之一。只要一有时间，他就往这里跑，给他们送来各种时令蔬菜，或者帮冈田料理家务杂事。

"我这次去挖山药，收获很大。好东西必须跟大家分享嘛。"

"噢，这山药看起来很不错，一定很好吃。辛苦你啦。挖的时候不能把它们刮伤了，挺费劲的吧。真是来之不易呢。今天我们可以品尝到山药料理，大家一定会很开心的。"

紧接着，冈田又说：

"干脆麻烦你把这些山药收拾一下，然后再捣成泥，可以吗？哈哈哈，不好意思哦，每次我都不让你闲着。"

"好的，没问题。"

阿九一边回答，一边乐呵呵地开始给山药去皮。

"美智子待人诚恳，因此我也感到很自在。不知不觉地，我就成了这里的常客。我来这里就像回家一样，一点都不觉得拘束。"

阿九对我们说。

"我在九州老家还有父母呢。他们的年龄跟这里的老人差不多。我跟他们见面的机会不多,不能帮他们干这干那。所以,能在这里帮帮这些老人,我也觉得挺欣慰的。就权当是在孝敬父母吧。"

阿九一边眯缝着眼睛,一边喃喃地说道。他一定是想起了远在家乡的父母吧。

这里还有很多像阿九这样的人,他们都对冈田的事业给予了大力支持。

2012年5月,该地区遭受了龙卷风的袭击。灾害造成了人员伤亡,还使得一千多户民房受损。当时,媒体作了大量报道,有些读者可能还有印象吧。

那次龙卷风也给冈田的养老公寓造成了损失,部分屋顶被大风刮走了。受灾之后,住在附近的一位大叔马上帮着在屋顶盖上苫布,对受损部位进行了应急处理。平时只要有空,这位大叔就会来这里看看。在采访期间,他也来过好几次。每次,他都会主动询问冈田有无需要帮忙之处。

"一方有难八方支援嘛。人家这么辛苦地照顾老人,我做点力所能及的事情也是应该的。"

在医疗方面,养老公寓也离不开当地的支持。仅靠冈田和护理人员的力量,还不足以支撑和维持这些老年人的生活。可以说,医生和护士们的辛勤付出必不可少。

目前,从全国范围来讲,从事居家医疗的医生和护士整体上处于人手不足的状态,这是一个亟需解决的问题。虽说政府正在推行居家医疗，但相关体制现在还难言到位。幸运的是，在冈田这个养老公寓所在地区，这个体制已较为完善。

"对不起，我借用一下厕所。"

一位男士一边说着，一边走进了养老公寓的厕所。其实，这位男士是名大夫。

他叫平野国美（48岁）是在筑波市专门从事上门诊疗的大夫。他总是面带笑容，看起来温和而友善；他也没穿白大褂，说话很随和，没有大夫对病人那种居高临下的感觉。在进行诊疗时，平野一边确认老人的症状，一边跟他们随意交谈。他通过这种方式，对患者进行仔细观察，比如身体状况有无变化，认知症有无恶化等。

"老爷子，您最近身体状况如何？"

"嗯，好多了。身上也不疼了。"

"老爷子，您有几个兄弟姐妹来着？"

"我和我妹妹，我们就兄妹俩。咱们这个养老公寓就像是一个大家庭。我还是头一次过这种大家庭生活呢，感觉蛮不错的。"

"您还记得我是谁吗？"

"嗯，你是……那个谁来着？"

平野大夫与老人们反复进行这类对话。

从2002年执照行医以来，平野一直从事以老人为对象的上门医疗工作。至此，他已为近千名老人提供了临终医疗服务。在包括老人之家在内的很多养老设施，他陪伴那些老人度过了他们生命的最后时刻。

平野也一直在为这所养老公寓提供服务。他说：

"这里最值得称道的就是这种家庭气氛。我认为，与医疗服务相比，老年人更需要这种'家人陪伴式'服务。从形式上看，这里就像是一个家庭，人员规模也不多不少恰到好处。如今，有些老人就算有家属，家属也无暇照顾他们。在这个'无缘'时代，这类养老设施越发显得必要。"

在老年人出现突发症状或者需要救助时，大夫可以随叫随到。冈田说，若是没有这些大夫的支持，这个养老公寓也很难维持下去。

"如果遇到紧急情况，大夫能马上赶来。因为有这个保证，所以我和这些老人才感到安心。平时哪怕没什么事情，但只要跟自己熟悉的大夫聊聊天，老人们心里也会觉得特别踏实。

"像慢性病及身体异常等，只要由同一个大夫持续问诊就很容易被发现。另外，这种做法也能让老人打消顾虑。如果没有平野大夫他们帮忙，就算我有心帮助这些老年人安度晚年，也是不可能实现的。"

家庭医生必不可少

实际上，即便在老年人去世之后，养老设施仍然需要这些家庭医生的帮助。冈田对此深有体会。那是在平野大夫为这个养老公寓提供诊疗服务之前发生的事情。

有一天，一位80多岁的老太太突然在房间里去世了。那天早晨，老太太没有像往常那样从房间里走出来，冈田便去查看是怎么回事。她发现老太太在被窝里去世了，身体已变得冰凉。老太太虽然平时吃着降压药,但并没有特别严重的慢性病,只是会定期去医院开药而已。那时,他们还没有接受像平野大夫这种家庭医生的服务。

冈田对老太太的生命体征进行了确认,发现她已经没有脉搏。然后立刻叫来了救护车。然而,这时却发生了意想不到的事情:警察和救护车一起赶了过来。可能是消防队①通知的吧,警车跟在后面呼啸而来。他们向冈田详细询问了事情的经过。据说,当时还有很多邻居凑过来看热闹。

"我根本没做坏事嘛……"冈田说。可是,众人却投来怀疑的目光,据说当时的场面非常令人难堪。那情景冈田现在想起来还心有余悸。

"我哪里想到这还会招来警察。自己简直被当成了嫌犯。警察来了好几个,我害怕这会给左邻右舍留下不好的印象。老实说,当时我心里很不是滋味。"

当时,警察怀疑老太太是"非正常死亡"。随后,他们对尸体进行了解剖,结果发现是由脑出血导致的猝死。由此可见,如果没有家庭医生,就难免会出现这种情况。因为,当一个人去世时,如果没有大夫的死亡诊断,警察就有可能认为这是非正常死亡。

这件事让冈田真正体会到了家庭医生的重要性。朝夕相伴的入住者去世,自己本来就已经够悲伤了,没想到尸体还要被拿去解剖。当时,她真是难过到了极点。

现在,为了方便大夫在老人去世时出具死亡诊断书,

---

① 在日本,由消防队负责运送急救病人。

公寓里的老人都有自己的家庭医生。

再者，要照护好这些老人，仅有大夫的力量还不够。若要老人在家中安然迎来生命最后时刻，护士的陪护同样不可或缺。因为大夫不可能一天24小时都在现场，所以大多数时候还得依靠护士。

判断一个地区是否具备在家养老送终的条件，有无可上门护理的护士是一个重要因素。查看血压、体温、血糖值等日常生命体征，随时注意老年人的身体变化，根据需要请大夫出诊，这些事情外行毕竟很难胜任。因为我们普通人遇事会心里发慌，碰到有人生病，无论严重与否就知道找大夫。在这种时候，护士的作用是必不可少的。可以说，患者几乎所有的日常健康管理，都需要由护士来完成。

现在，为冈田的养老公寓提供上门护理服务的护士主要来自两个护士站。对于养老公寓的健康运营来讲，数量充足的大夫和护士、健全的医疗体制是不可或缺的条件。

来自当地各方面的日常支持，医疗方面的保障和援助——可以说，这种源于当地的全方位支持是养老公寓存在的前提条件。

各尽所能，互帮互助

"我想和冈田一起度过我的余生。如果能在这里离世，我也就别无所求了。这就是我的愿望。"

江川菊江（75岁）对我们说。她入住这个养老公寓的目的，也是为了得到冈田的临终照护。菊江腿脚不好，不能长时间站立。她有护理保险，需要护理程度为 5 级中的 2 级。目前，由冈田及护理人员在为她提供护理服务。

可是，菊江并不满足于单方面地接受照护。她怀着有一份光发一份热的愿望，也在向其他入住者提供帮助。

"我很幸福呢。在别的设施，有的老人想主动做点事，管理人员会说这也不行那也不可。不过，我们这里不会那样哦。尽管也许他们会觉得我爱管闲事。"

在这个养老公寓，入住者可以在各房间之间自由走动，也没有那么多死板的规矩。每天早晚为其他入住者测量血压和体温，是菊江的一项重要工作。她还得把血压和体温记录到每位老人的健康管理簿上。

有的入住者因为认知症或者癌症比较严重，不得不整日卧床。菊江会来到他们的房间，陪他们说话或者帮他们打理日常生活。

"阿纯，你想喝水吗？"

这些入住者的房间，菊江每天要去好几趟。阿纯的癌症已相当严重，现在连起床都很困难。因此，菊江主动帮着照顾他。她还协助冈田一起给他换纸尿裤。阿纯刚入住不久，菊江一边为他搓手一边安慰说：

"你刚来，可能会感到有些不安。不过没关系哦，每天我们都会来看望你的。你放心好了。"

菊江也经常去厨房帮着做饭。由于她不能长时间站立，她就一边坐着一边切菜或教冈田做菜。总之，她在厨房里也是一把好手。

冈田感叹说：

"她当了几十年的家庭主妇，知道的东西很多。现在我已经离不开她了。所以我希望她活到100岁呢。"

菊江回答说：

"我哪有那么能干？不过，我认为咱们必须各尽其能。有活儿干是一件很幸福的事，真的。如果不让我干活儿，我会郁闷死的。"

她接着说：

"我每天都很快乐，在这里真的是很开心。尽管有时也难免会有争执，但大家能够畅所欲言、自在随性地生活。我想，这就是最大的幸福。"

有工作就是一种幸福。的确如此，在这里，她有"工作"可干，有人需要她的帮助。让老年人发挥一定的社会作用，能让他们的表情变得如此灿烂，也能给他们的生活带来张力——这点令我们惊叹不已。

什么都不让他们做，把他们关在房间里，让他们按点吃饭、沐浴、睡觉……每天只是机械地重复这类事情。这种做法真的好吗？

有能力时先去帮助别人，等老了干不动了再让别人来帮助自己——这所养老公寓所实践的正是这种"各尽所能，互帮互助"的理念。

"帮助与被帮助"——来自冈田的真实体验

冈田为什么要创建这个养老公寓？为什么不仅让老人

们在这里安度晚年，还一定要陪伴他们直至去世呢？这源于她的一次亲身经历。

冈田早先是一家居酒屋的老板。在两个儿子长大成人独立生活后，她才开始从事照护工作。

"我想在自己的后半生，做一些对别人有益的工作。"冈田向我们讲述了她当时的心境。

在作出决定之后，冈田就开始去护理专业学校上课学习。她一边工作一边学习，不久就取得了照护护理员的资格。之后在白天，作为派遣护理员，她经常去为那些老人提供上门护理服务。

"虽然工作强度大、身体疲惫，但精神上很愉快。跟老年人说话聊天，让我觉得很开心，甚至连疲劳都忘记了。"

在冈田作为照护护理员取得一定业绩之后，她遇到了一个人生转机。当然，那也是她没有料到的事情。

"您能否帮我照顾一下这些老人呢？他们必须从现在的住处搬走。他们还没有找好下家，但搬出的期限已迫在眼前。您能帮帮他们吗？"

向冈田提出请求的是一所照护养老设施的房东。一名老板因为看好照护市场，便把这些老年人集中到一座公寓里，搞起了护理服务。然而，这个买卖并没他想象的那么赚钱，于是那名老板中途撂挑子不干了。

这样，住在设施里的老年人就只能流落街头。冈田作为护理员有一定业绩，公寓的房东无奈之下只好求她帮忙。

冈田回顾当时的情况说：

"那些老人突然间变得走投无路。怎么办才好呢，当时我为此彻夜难眠。他们中有的人让家人接回去了，有的人转入了其他设施……也许有些人后来在设施之间辗转漂泊吧。想起这些，我至今仍感到难过。于是，我决心创建一个让老年人可以绝对安心居住的设施，以避免这种悲剧再度上演。"

2004年，在冈田50岁时，她新买了土地和建筑物，创建了这个养老公寓。如若采取租赁形式，房东随时可把房子收回，冈田也将无法把这些老人照顾到底。于是，冈田借债购买了土地和二手建筑物。那可是冈田一生中最重要的决断啊！

但是，寻找银行融资也并非易事。在问了好几家银行后，终于有一家看好冈田的项目，表示愿意提供融资。冈田所找到的地点是一家倒闭的大阪烧餐馆。考虑到房屋价格及需将其改造为养老公寓等因素，她也没有别的选择。沉甸甸的责任和沉重的贷款，一齐压在了冈田肩上。

"不过，我想事情总会得到解决的。只要认真经营，还贷款也不成问题。最重要的是，这样我就可以跟这些老人住在一起，为他们养老送终了。这是我最想做的事情。"

冈田下决心帮助老年人，还与她幼年时的一个亲身经历有关。

当冈田还是小孩子时，她的父母就离婚了。母亲一个人把冈田和姐姐抚养成人。为了抚养两个孩子，母亲经常整日在外面工作。据说每当这时候，冈田和姐姐就被送到附近一对老夫妇家里，在那里"蹭吃蹭喝"。

"我们管老两口叫'爷爷奶奶',他们也把我们当成亲孙女来照看。过去,如果谁家有困难,一定会有人伸出援手。那真是难能可贵的事情。到了傍晚,我俩就在老夫妇家吃饭,然后等着妈妈回来。

"当时,那夫妇俩都已年过六十。对他们来讲,照看小孩子也是很辛苦的事情,但他们没有半点怨言。这个经历我至今无法忘怀。"

不仅无法忘怀,今天,冈田还在续写这种经历。

"现在该轮到我来报恩了,因为以前我受到了别人的细心照看嘛。现在我的身体很健康,还能够工作,所以我可以去照顾那些老年人。这也是我应该做的事情。尽管我现在在照顾别人,但实际上很快我就会变成被照顾者。明天我们就将成为老人。您不这么认为吗?有能力时就去照顾别人,等老了再接受别人的照顾。这个道理很简单,对吧?"

先去照顾别人,然后被别人照顾——这种"循环互助"不正是解决"老人漂泊"问题的一种思路吗?冈田的这番话令我们幡然醒悟。

不再"漂泊"的弥惠

在这个养老公寓的入住者当中,不少人都有"漂泊"的经历。88岁的老太太弥惠(化名)即是其中之一。

弥惠的需要护理程度是最高级别5级:日常生活无法自理,在进食、洗浴等各方面都需要别人的帮助。在来此处之前，她也经历了一番艰辛和曲折。

弥惠早先与丈夫一起住在关西地区，丈夫是一位工薪族。当时，她是家庭主妇，在生活中爱好插花。据说，她还经常教周围邻居插花呢。丈夫退休之后，夫妇二人一起打理自己的菜园子，过着悠闲的日子。

2004年，弥惠的宁静生活突然被打乱了。首先是丈夫不幸去世（享年87岁），死因是癌症。丈夫去世后，弥惠本想一个人在家过日子，但她出现了认知症症状。之前她就有轻微的认知症症状，丈夫去世后症状有所恶化，由此，一个人生活变得困难起来。之后，她住到了大女儿家里，接受居家照护，一连住了3年多的时间。后来，大女儿一家在精神上和身体上都达到了极限，弥惠便不得不求助于养老设施。

在询问了好几家养老设施之后，家里人终于为她找到了一个收费老人之家。那是一家由神奈川县某大型照护公司运营的设施。入住该设施，除了需要交纳高额的入住金之外，每月还需支付大约25万日元①。但那个老人之家离二儿子家很近，儿子可以随时去探望，于是弥惠便决定入住。

刚住进去时，孩子们觉得，老人之家的生活环境还不错。那里的伙食很讲究，娱乐活动也很丰富，老人一定会住得很开心……然而，刚住了一个多月，就发生了一件意外的事情：弥惠突然生病了，她患了肾盂肾炎，并且好几

---

① 约合人民币1.37万元。

老人漂泊社会　　219

天持续发低烧。

老人之家决定请大夫来上门诊疗。随后,与该设施有合作关系的诊疗所派来了大夫。孩子们以为老人的病能马上治好,但没想到迟迟不见好转。这时,大夫对家属说:

"以后我们不可能每天都来这里,你们自己想想办法吧。"

家属闻言大吃一惊。接着,大夫又说:

"你们找找其他医院吧。"

言下之意是,我们不能再管这个病人了。

"不过,这种除认知症外还患有其他疾病的人,哪儿都不会接收的。如果每天可支付两三万日元、夜间有家属陪护,也可以找找其他设施。"

大夫冷冰冰地说。养老设施那边什么也没说。虽然嘴上不说,但他们的态度很明显:我们不能再为你们提供服务了,你们还是早点搬走吧。

孩子们都有自己的工作,每天晚上去陪护母亲并不现实。于是,他们着手为母亲寻找下一个居所。令他们吃惊的是,其他设施也都是同样的态度。

"等退烧了,再来我们这里吧。"

"有发烧症状的老人,你们不能照护吗?"

"是的,得等老人烧退了、病好了之后,我们才能接收。"

家属表示说,就是因为身体患病所以才四处求人,治好了还找你们干吗?

"身体本身有病,再患有认知症,这种老人无论哪个设施都是不会接收的。我们也是通过母亲的遭遇才知道这点的。这类病人的家属，应该去哪里寻求帮助呢？我想，处于同样境况的老人及其家属应该还有很多吧。"

接着，弥惠的家属结合自身的遭遇，给大家提出了一个忠告。

"养老设施能够应对何种程度的疾病及认知症，这点必须事先确认清楚。如果事先不问清楚，以后难免后悔莫及。

"我们的入住合同里写着，如果老人健康状况显著恶化，需要接受持续治疗，则对方可以解除合同。但是，肾盂肾炎治疗是否符合该条款？我们表示怀疑。总之，事先必须尽量确认清楚，否则就会像我们一样陷入被动。"

正当他们"走投无路"无计可施之时，偶然遇到了一个救星。弥惠的大女儿与冈田是朋友。当大女儿把相关情况告诉冈田后，冈田立刻爽快地答应了其请求。家里人总算看到了希望，于是把老人托付给了冈田。

"冈田说：'到我们这里来吧，马上来也没问题。这个发烧啥的我们能够照护。'这令我们惊喜不已，因为除此之外无处可去嘛。能找到这个地方，真是太幸运了。"

冈田回顾当时的情况说：

"总之，当时他们都快愁死了。我告诉他们，由我们来照护，你们就放心吧。他们这才松了一口气。人家都愁成那样了，我们不帮忙怎么行呢？"

弥惠随即住进了冈田的养老公寓。之后，她的烧退了，身体状况也逐步恢复。

家属说，没想到冈田他们的照护能力如此出色。目前，虽然认知症症状仍在一点点加重，但老人没有其他大碍，生活得挺顺心。

15 张灿烂的笑脸

一年365天，冈田与6位老人"全天候"地住在一起。他们一起用餐，一同说笑。冈田住的是最靠里面也最小的一个房间。

在她的床头整齐地摆放着一些照片。照片上的人，都是在这个老年公寓安度晚年，最后在这里去世的老人。我们数了数，一共有15位。照片上的每位老人都笑得那么灿烂，这也说明他们在这里过得很开心。现在，在这些照片的陪伴下，冈田依旧过着充实而忙碌的日子。

"我觉得，他们一定在冥冥之中保佑着我。另外，我不是见证了他们每个人生命的最后时刻么？每当我看见照片，他们的性格、说话的神态和语气就会浮现在我的眼前……"

看着这些照片，冈田就会想起一个个老人的音容笑貌。

"这张照片上的人是'小爱'。在她去世的前一天晚上，电视上正在播放一档歌曲节目。于是，我就对她说：'小爱，电视上正放经典老歌呢，我把电视给你开着吧。'她喜欢喝咖啡，于是，我给她沏了一杯，然后便与她互道晚安。可是没想到，第二天早晨她就去世了。现在看着照片，我又想起了那天的情景。当时，她对我说'真好喝，谢谢'，让我觉得好幸福。

"这位是'美代'。她总管我叫'妈妈''妈妈'。她真的是很可爱。这位男士叫'阿翔'。他长得特别像电视里的怪兽布斯卡①,所以大伙就叫他'布斯卡'。"

冈田一边看着那些照片一边说着。

"毕竟我们在这个时代一同生活过,一同经历了这些瞬间。现在我可以去照顾别人,还有这个精力。可是,我明年就60岁,也就是花甲之年了,早晚也得让别人来照顾吧。届时,谁会来照顾我呢?他们能对我理解多少呢?当然,他们也不会是我的家人或者亲戚。不过我想,哪怕稍微有一些理解,他们说话的语气和用词也会不一样吧。

"所以,对于这里的老人,我也是按照这种想法与他们相处。说话彬彬有礼,用词高雅讲究,这些东西我们可不会。我们需要的是坦率和真诚。既然走到了一起,我就有责任照顾好他们。我认为,我们应该展示真实的自己,与他们真诚相处。"

冈田的这番话,让我们感到了她的从容自信以及作为照护从业者的自豪与骄傲。

冈田还把当年去世老人的遗照摆放在厨房里。大伙时常在遗照前供上饮料和饭菜,为逝者祈祷。就在我们访问那天,大伙又正聚在一起回忆已去逝的同伴:曾经一起开

---

① 《快兽布斯卡》中的主角,是一只可爱又善良的怪兽,与人类和平相处。该剧是由圆谷特技、东宝制作的黑白特摄片,于1966年至1967年在日本播出,一共有47集。

老人漂泊社会 223

心用餐，护理时有过各种辛苦，相互间也有过争执……听起来就像是在回忆自己的亲人。

纵然老人已不在人世，但仍有人在时时想念他们。这是一件多么幸福的事情！眼前的光景令我们感叹不已。

"您长寿是我们的福气"

12月中旬的一天。冈田起得比平常更早，一大早就在厨房里忙碌开来。土豆、胡萝卜、牛蒡，还有自制的魔芋……她把这些菜码一样一样地切好。

"今天我最想让大家品尝的是这个红豆饭，看起来很美味吧。"

冈田一边说着，一边打开电饭煲给我们看。原来，这天是弥惠的生日。

入住者和护理人员一起围坐在饭桌旁。冈田招呼大家说：

"今天是弥惠的89岁生日。来，我们向她表示祝贺！"

大家拼命地鼓掌。冈田还为弥惠准备了生日礼物，那是她利用工作间隙去街上买的。

她送给弥惠一束漂亮的鲜花，弥惠最喜欢鲜花了；另外，还送给她一件粉红色的棉坎肩。冈田说，那件棉坎肩弥惠穿上非常合身。为了买这些礼物，冈田可没少费心思。

穿上棉坎肩的弥惠脸上乐开了花。尽管她的认知症在逐渐加重，说话有些口齿不清，但她仍然用微弱沙哑的声音说道：

"谢谢！"

见此情景，入住者阿纯说话了：

"89岁，真了不起啊！您可是我们的前辈哦。"

冈田回答说：

"可不是吗，的确很了不起。所以，阿纯也要努力哟。一定要争取长寿，活它个100岁甚至200岁！"

众人的欢笑声在空中回荡。这时，蛋糕上的蜡烛被点燃了。

"祝你生日　　快乐！祝你生日——快乐！祝你生日快乐——弥惠。祝你生日——快乐——"

然后是更为热烈的鼓掌。就在这时，弥惠的泪水夺眶而出。冈田也忍不住流下了眼泪。

"不哭啊，不哭。祝贺您。我们不哭啦……大家一起来吃蛋糕吧。今年也有这么多人为咱们祝福，真好！我们真心祝福您！"

冈田对我们说：

"看着他们健康长寿，我也跟着高兴。我经营这个设施的目的，就是为了让他们健康长寿。他们来这里的目的绝非为了终老死去。

"虽说弥惠的认知症正在逐渐加重，但她什么都明白。我们的欣喜之情，她也一定感受到了。今后，我一定尽全力照顾好她。"

冈田一边说着一边擦去眼泪。然后，她用明亮的声音对大家说道："大家一定要努力活到90岁、100岁哦！加油吧！"

于是，大家又开怀大笑起来。

直面超老龄社会

2013年1月，养老公寓"北极星"又迎来了新的一年。冈田与老人们的新的一年开始了。

"叮叮当当……"早晨7时，与往常一样，厨房里又响起了准备早餐的声音，屋里也弥漫着早餐的香味。

见此情景，我们不禁想起冈田说过的一件事。

"我曾对一位老人撒过谎。一次，一位老太太要从这里搬到其他设施去。

"老太太说自己想留在这里，但她的家人执意要她搬走。老太太说什么也不愿去。于是，在搬家那天早晨，她用自己的粪便把窗帘、被子、衣服等全部弄脏了。我们把这些东西都清洗干净，并放到了车上。在临别时，老太太泣不成声。

"我看她实在太可怜，就答应她说'我以后一定去看您'。可是，我最终也没能去看望她，因为我怕见面会勾起她对这里的思念。对不起啊，老太太。但我不会忘记您的……"

冈田的声音有些哽咽。接着，她强调说：

"老年人的老后生活想怎么过？他们希望怎样迎来自己的生命终点？年轻人应该多听听父母的意见。为什么要这么做呢？因为父母是抚育自己长大的恩人嘛。希望年轻人尽可能多跟他们沟通和交流。

"那些没有家属的人,也要趁早考虑这些问题。一个人孤独地迎来生命的终点,那将是多么寂寞!在我们出生时,周围有一大堆人围着,有那么多人为我们祝福,到临终时哪能一个人悄无声息地离去呢?

"如何避免一个人孤独地死去、避免找不到终老之处呢?这就需要在自己有余力帮助别人时,去尽力相助;等自己动不了了,再心安理得地接受别人的帮助。"

如今,我们应该怎样活着、怎样迎来临终时刻及离开人世呢?我想,这是我们每个人都需要回答的问题。在过去,大多数人都把自己的老后生活托付给家人或孩子。然而今天,无论从社会还是从经济角度来讲,这种做法已不太现实。

在采访养老公寓的过程中,我们也深刻体会到,我们每个人都必须树立自己的生死观。

的确,很多人比较忌讳谈论死亡这个话题。可是,若没有成熟的生死观,就会不断地产生新的"漂泊"。要想免去"漂泊"之苦,就必须经受住探问生死观的考验。

另一方面,社会也有需要反思之处。

我们也在思考,像冈田那样仅凭个人善意去做善事,这种做法是否妥当?她365天全年无休,全凭个人热情去经营自己的养老公寓。住在里面的老年人无疑是幸运者,但是,我们不应该把这件事全部交给一个人来做吧?我们更需要支撑这种养老公寓的制度设计。其中,尤其是来自中央及地方政府层面的支持不可或缺。

住进"北极星"这种设施的老人也许不用发愁了,但在采访过程中，我们也碰到了很多不得不经历各种"漂泊"的老年人。为了防止老年人"漂泊"，我们应该打造什么样的社会？应该如何去一步步实现？我们必须考虑这些问题。日本已进入超老龄社会，我们已经没有时间去犹豫和等待。

为了防止"老人漂泊社会"现象愈演愈烈，我们必须尽快迈出这一步。

后　记

"老去是一种罪过吗？"

这是 2013 年 1 月播放的 NHK 特别节目《老人漂泊社会（前篇）》的宣传广告语。如序章所述，在节目播放一个月前，我们这些节目制作人员向负责宣传的导演介绍节目内容时，那位导演随口说出了这句广告语。

罪过？老去难道是一种罪过？

此话乍一听略有违和感，但随后我们感觉的确被说中了——或许，这才是我们真正想问的问题吧？

在今天的日本，老人们觉得自己增岁添寿是一种罪过。日本已迎来超老龄社会，今后还将进入成熟期。占人口大多数的老年人不再是社会的主角。然而，虽说是配角，他们竟不敢直视前方，不得不谦卑地活着，我想，这样的社会一定存在某种问题吧。

在这里，我并不想宣扬什么道德，我只想强调一点：我们之所以能有今天，另外日本能有今天，都是拜我们的前人所赐。

不知道对他们表示感谢，而把他们当作包袱和负担，看不起他们，认为他们是社会的弱者——我们绝对不可以这么做，希望大家对此有所觉悟。另外，我们希望老年人能活得有尊严。带着这种愿望，我们做了大量的采访及节目制作工作。

为此，我们把关注重点放在了人生的最终时刻，即一个人应该如何有尊严地迎来"死亡"时刻。然而，在现实生活中，很多老人却连选择自己"终老之处"的权利都没有，而不得不四处"漂泊"。

在节目制作过程中，我们采访了很多老年人。

当我们提出采访要求时，一开始他们都纷纷表示很为难："采访我这样的老头儿，有必要吗？""采访我这种老太太，意义不大吧？"甚至有人说："不想让别人知道自己忍辱偷生的样子。"可是，为了让更多人了解实际情况，最终，他们都愉快地接受了我们的采访。在此，谨对大家的支持表示衷心感谢。

其中，尤其有两位老人接受了我们的长期采访，真不知道该怎么感谢他们才好。

吉田和夫（81岁）年轻时是一名手艺出色的工匠，也是一个五口之家的顶梁柱。大井四郎（88岁）年轻时跑运输，多年来与妻子相濡以沫、和睦相处。他们都经历了二战后的经济高速发展期，漫长的岁月在他们脸上刻下了一道又一道的皱纹。但二人又都是性格温和、和蔼可亲的老爷爷。就像文中所述，两位老人均因为一些偶然因素而踏上了"漂泊旅程"，而这种偶然因素是我们每个人都可能遇到的。

吉田长年在自来水管道安装工地工作，身上有股匠人气质。为了尽可能多干几年，他到了 70 多岁仍在坚持工作，但终因年老体弱而不得不离开一线。

正当他打算与妻子安度自己的第二人生之时，妻子却突然不幸离世。

之后，吉田就在家与 50 多岁的儿子相依为命。年老的吉田只能由独身儿子一人来照护。但谁能想到，后来儿子因患脑梗死而倒下。最后只剩下闺女这个唯一的依靠，可是闺女还得照管生活无法自理的公婆。

最终，因为收入有限，吉田只能住进免费廉价住所，而那里主要是用于收容无家可归者的。为了不给儿女们添加负担，吉田选择了一个只有 3 叠的房间，作为自己的"终老之处"。

据负责采访工作的导演说，吉田说的两句话给他留下了很深的印象。当时，吉田很无助地说：

"我一辈子都生活得平平常常。到了最后，人生咋就变成这样了呢？"

"我还想跟家人一起……吃顿团圆饭呢。"

老年人纵然有家属，也不得不四处"漂泊"，这就是摆在我们面前的现实。

再说说大井吧。大井的需要护理程度为级别 4，即进食和排泄都不能自理，几乎不可能独自生活。"给你们添麻烦了，真是不好意思"——这句话成了他的口头禅。

之前大井靠领取低保补助，在不同设施之间辗转"漂泊"。最终，他住进了政府正在大力推进的带服务的老年人住宅。如其名称所示，这种住宅是收费的，可以享受护理服务，因此目前颇受关注。但是，这种住宅毕竟是一种租赁性住宅，如果老人认知症加重或者病情恶化需要接受治疗，有时也必须退租搬走。如果因身体不适造成住院时间延长，他们或将重启"漂泊"生活……

四处"漂泊"，不知道终点在哪里。对我们人来讲，"生存"的意义何在呢？

当我们正在思考这个问题时，采访归来的导演略带兴奋地告诉我们，他们拍摄到了一组反映大井内心想法的镜头。那天，大井恰好正在办理带服务的老年人住宅的入住手续。

为避免日后出现纠纷，设施的工作人员问大井：如果万一出现突发情况，是否愿意接受延命治疗？大井一向体贴别人，见人总说"给您添麻烦了，很抱歉"，从外表来看，他应该是属于那种听天由命之人。所以，当时的在场者都认为，他一定会回答"否"。可是，尽管说话断断续续，但大井还是非常明确地回答说：

"只要还有一口气……请帮我……延长生命……"

哪怕快不行了，也想活下去。

——是啊，说自己想活下去，这有何不可呢？

那么，对于像这样有强烈生存愿望的老人，我们能为他们做些什么呢？

我们所能做的就是倾听他们的呼声，为他们记录相关事实，仅此而已。另外，我们也希望有更多的人去设身处地地考虑这个问题。

老去绝不是"罪过"！

在"老人漂泊社会"日渐普遍的当下，供老年人安度晚年的"终老之处"在哪里呢？希望我们每个人都能认真思考这个问题。这绝非与己无关之事。

书中人物的年龄和职务，均为采访时的信息。

节目录制组成员

NIIK 特别节目《最终归宿在何处——老人漂泊社会》
(2013 年 1 月 20 日播出)

解说	柴田祐规子
摄影	大渊光彦
照明	野口尚树
采访	熊谷光史、丸山健司
影像技术	真壁一郎
声音	赤井田卓郎
音响效果	小野纱织
编辑	江川敏明
导演	高野刚、小木宽、原拓也
制片人	板垣淑子
制片统筹	古光贤之、内田俊一

撰稿人简介

板垣淑子（前言、序章）
NHK报道局社会节目部　总制片人
1970年出生。1994年入职NHK。参与制作的节目有NHK特别节目《穷忙族》《无缘社会》等。

高野刚（第一章、第二章）
NHK首都圈放送中心　导演
1970年出生。1996年入职NHK。参与制作的节目有NHK特别节目《东京大空袭——583张未公开照片》、特别报道首都圈《猛增300万人——被逼入死角的老年认知症患者》等。

原拓也（第三章、第三章专栏）
NHK首都圈放送中心　导演
1981年出生。2004年入职NHK。参与制作的节目有NHK特别节目《世界"回转寿司"战争》、首都圈特别节目《如何选择自己的老后生活及死亡》等。

熊谷光史（第四章）

NHK报道局社会节目部　导演

1974年出生。2008年入职NHK。参与制作的节目有现代特写《怎样帮助"无缘老人"》《潜入"违法住宅"》等。

九山健司（第四章专栏）

NHK首都圈放送中心　导演

1982年出生。2005年入职NHK。参与制作的节目有假日日本《100公里奔跑》、特别报道首都圈《漂泊——老年认知症患者》等。

小木宽（第五章、第六章）

NHK报道局社会节目部　导演

1976年出生。2000年入职NHK。参与制作的节目有现代特写《说不出口的求助》《追踪"大米倒卖"》等。

内田俊一（第五章专栏）

NHK首都圈放送中心　首席制片人

1965年出生。1991年入职NHK。参与制作的节目有NHK特别节目《日本的群像——走向重振的20年》《世界百座名山》等。

吉光贤之（后记）

NHK报道局社会节目部　总制片人

1965年出生。1988年入职NHK。参与制作的节目有NHK特别节目《山田洋次》《吉永小百合》等。

注：所属部门及职务均为节目播出时信息。

ROJIN HYORYU SHAKAI by NHK Special Shuzaihan
Copyright © NHK 2013
All rights reserved.
Original Japanese edition published by SHUFU TO SEIKATSU SHA LTD., Tokyo.
This Simplified Chinese language edition published by arrangement with SHUFU TO SEIKATSU SHA LTD., Tokyo in care of Tuttle-Mori Agency, Inc., Tokyo.

图字：09-2022-163 号

图书在版编目(CIP)数据

老人漂泊社会/日本 NHK 特别节目录制组著；高华彬译. —上海：上海译文出版社，2023.9
（译文纪实）
ISBN 978-7-5327-9256-6

Ⅰ.①老… Ⅱ.①日…②高… Ⅲ.①纪实文学—日本—现代 Ⅳ.①I313.55

中国国家版本馆 CIP 数据核字(2023)第 158298 号

老人漂泊社会

[日]NHK 特别节目录制组　著　高华彬　译
责任编辑/常剑心　装帧设计/邵旻　观止堂_未氓

上海译文出版社有限公司出版、发行
网址：www.yiwen.com.cn
201101 上海市闵行区号景路 159 弄 B 座
启东市人民印刷有限公司印刷

开本 890×1240　1/32　印张 7.75　插页 2　字数 104,000
2023 年 10 月第 1 版　2023 年 10 月第 1 次印刷
印数：0,001—8,000 册

ISBN 978-7-5327-9256-6/I·5765
定价：48.00 元

本书中文简体字专有出版权归本社独家所有，非经本社同意不得转载、摘编或复制
如有质量问题，请与承印厂质量科联系调换。T:0513-83349365